sWANSEA sUICIDE

oLIVER rUSSO

eINE nOVELLE

„... ich weiß nicht wie es sich anhört, doch dieses Buch ist nur für einen Menschen... mich."

„... es muß niemandem gefallen, denn es ist für mich."

„... es muß niemand verstehen, denn es ist für mich."

„... und das... das ist für Dich."

der Autor

kAPITEL 1

Hi, ich bin Erik und manchmal kommt mir mein Leben vor wie ein einziger Videoclip. Einer der nur von den letzten Sekunden vor einem schweren Autounfall handelt. – Ich sehe wie die Fahrbahn verschwindet, ich tiefe Böschungen hinunterstürze, ich sehe Metall bersten und Glas zersplittern... aber was soll's. Bisher zumindest ist mir ein solches Schicksal erspart geblieben. Und um ehrlich zu sein, habe ich ohnehin ein ganz anderes Problem.
Ich bin unglücklich verliebt und das seit Ewigkeiten. Doch das Allerschlimmste ist, dass ich in dieser Geschichte keine besonders große Rolle spiele... ihr wißt was das heißt.
Die Liebe meines Lebens, ha was für ein Spruch, heißt Sharin und ich kenne sie schon von kleinauf. Natürlich dachte ich früher nie daran was es denn war, das mich in ihrer Nähe hielt. Naja... irgendwann ist der Groschen dann gefallen. Aber lassen wir das Thema. Wie gesagt, es geht um etwas ganz anderes und hat nichts mit Liebe und solchem Kram zu tun. Schließlich haben wir eine Band und da gibt's nur eins das ständig wiederkehrt – Streitereien.

kAPITEL 2

„Hey, warum redest du so mit mir?“
„Tut mir ja leid Schwesterchen, aber manche Probleme kann man nicht in fünf Minuten lösen.“
„So hab ich das doch gar nicht gemeint.“
„Doch hast du!“
„Nein, - Na vielleicht ein bißchen. Aber bei dir muß man auch immer graben bis du was sagst; hätte ich gewußt...“
„Hast du nicht 'ne Verabredung?“

„Michi, jetzt hör doch mal zu. Wenn du mit mir reden magst, bleibe ich hier." Sharin (Songwriting, Gesang, Bass) legte so viel Weichheit in ihre Stimme wie sie konnte.

„Nein. Jetzt ist es schon zu spät."

„Ach komm, was soll das? – Sag mir was los ist."

„Laß mal, ist schon o.k. Wir reden später." Zwar war der gröbste Ärger abgeklungen, doch das visuelle Äquivalent zum faden Beigeschmack legte sich dennoch auf ihre Augen. Still verharrte Sharin noch einen Moment, ehe sie schließlich doch noch ging und ihren Bruder verließ.

kAPITEL 3

„Was hast du gestern getrieben?" Chris (unser zweiter Songwriter und Gitarrist) hebt manchmal kaum den Kopf wenn er mit jemandem spricht. Was ziemlich nerven kann. So auch diesmal. Er und Sharin hatten sich in einem Café getroffen um die Konferenz der kreativen Köpfe abzuhalten. So nenn' ich es zumindest und irgendwie stimmte das schon. Besonders traf es auf Sharin zu.

„Ach, nicht wirklich viel. Ich wollte eigentlich ein wenig lesen, bin dann aber ziemlich schnell eingeschlafen." Abwesend blickte sie auf die Betriebsamkeit der Straße. Die Anspannung war ihr anzusehen.

„Du hast was verpaßt." Chris wollte mehr Aufmerksamkeit.

„Ja?" Sie hob ihre Tasse mit beiden Händen an ihre Lippen, nippte an ihrem Kaffee und sah tatsächlich zu ihm.

„Swansea Suicide." Er ließ sich noch immer bitten.

„Ein Film?"

„Und was für einer! Hätte dir sicher auf gefallen.“
Bedauerlicherweise lag Chris damit mal wieder
ziemlich richtig. Auch wenn die Beiden nicht allzu
viele Leidenschaften teilten, meist verschiedene
Dinge mochten, hatten sie ein unheimliches Gespür
den Geschmack des anderen einzuschätzen. Sicher
ganz hilfreich wenn man gemeinsam alle Songs
einer Band schreibt.
   „War wirklich packend.“, begann Chris dann
endlich mal zu erzählen. „Es ging um einen
Musiker, unser Alter ungefähr, der sich als
Songwriter durchschlagen wollte.“
Sharin‘ Miene drückte nicht allzu viel Begeisterung
aus. Zu zahlreich waren die Gedanken die sie
ablenkten. Mit Falten auf der Stirn aber großen
Augen nahm sie einen weiteren Schluck. –
Mittlerweile war der Kaffee nur noch warm.
   „Jedenfalls, ging die Sache schief. – Er hat sich am
Ende selbst ertränkt nachdem die Plattenfirma ihn
um seinen besten Song betrogen hatte.“ Mürrisch
lehnte sich Chris in den Stuhl zurück. Das Metall der
Rückenlehne war durch die Sonne noch nicht
aufgewärmt worden.
   „Du bist heute ja mal wieder in bester Laune.“
   „Ach...“
   „Was ist los?“
   „Das Übliche, nur das Übliche Chris.“

kAPITEL 4

Die Abende zu denen sich alle am Tisch der Ludows
zusammenfanden, waren ganz sicher einmal
zahlreicher gewesen. Trotzdem, oder vielleicht auch
wegen der vielen Streitereien und Zwistigkeiten war
es allen wichtig. Immerhin sah man sich sonst kaum
noch regelmäßig. Nicht seitdem Sharin halbtags in

einem Geschäft arbeitete, das sich auf alternative Lebensstile spezialisiert hatte und sich ihr jüngerer Bruder mit seinem Studium an der FH abmühte. Recht besehen hätten die Beiden, aber zumindest Sharin, also einen Grund gehabt von zu Hause auszuziehen. Doch noch blieben sie.

„Gibst du mir mal die Kartoffeln Papa?"
Sharin hatte großen Hunger und mußte sich doch auf Salzkartoffeln und Salat beschränken, da sie Hähnchenbrust überbacken mit Champion-Sahne-Soße nicht ausstehen konnte. Etwas das sie ihrer Mutter natürlich nicht sagen konnte.

„Sag mal Michael,", begann ihr Vater während er die Schüssel reichte. „... wie lief denn nun der Einstufungstest? In welchen Kurs kommst du?" Michi hatte zu Beginn seines Studiums eine Englischprüfung ablegen müssen um seine Kenntnisse einschätzen zu können und anschließend den richtigen Kurs auszuwählen. Ein heikles Thema denn ständig waren seine hinter den Leistungen Sharin' zurückgeblieben. Etwas das Friedrich Ludow einfach nicht verstehen konnte.

„Ich weiß nicht so recht. Das Ergebnis wird erst nächste Woche ausgehängt."

„Aha..", meinte sein Vater, stützte sich mit den Unterarmen an der Tischkante und bändigte ein eigentlich zu heißes Stück Kartoffel. Rasch kühlende Luft einatmend kaute und schluckte er es schließlich doch.

„Und was sagt dir dein Gefühl?"

„Nicht so gut..."

„Na, - hätte mich auch gewundert."

„Papa!"

„Nein Sharin. Michael muß einfach mal begreifen, dass manche Dinge sehr wichtig sind. Wie soll das sonst etwas werden mit seinem Studium? – Bei dir hat das doch auch geklappt."

„Aber nicht weil du's mir gesagt hast. Sondern weil es mir eben gelegen hat. Und außerdem kann ich jetzt außerhalb der Band damit kaum etwas anfangen."

„Erinnere mich bloß nicht daran."
Und damit war es mal wieder erreicht, langes unbehagliches Schweigen.

kAPITEL 5

Als wir uns an diesem Montag mal wieder zu einer Probe einfinden wollten, war unser letztes gemeinsames Treffen schon eine ganze Weile her. Denn seitdem zumindest einige von uns den Klauen der Arbeitslosigkeit entflohen waren und regelmäßiger Arbeit nachgingen, konnten selbst kleine Terminschwierigkeiten unsere Proben kippen. Keine tolle Situation.

„Hi Jungs."
Als Sharin kam waren Dennis (Schlagzeug) und ich (... hab ich das schon erwähnt? – Rhythmusgitarre und zeitweilig gar Zweitstimme) bereits eine halbe Stunde da. Wenn ich ehrlich bin hätte ich wahrscheinlich sofort zugesagt, wäre jemand auf die Idee gekommen den Übungsraum etwas wohnlicher einzurichten und anschließend einzuziehen. Was soll ich sagen, mir gefiel einfach der ganze Beton, die Glasbausteine, das schräge dämmrige Licht und natürlich die Arbeitsgrube. Früher war das Ganze die Betriebswerkstatt einer Spedition gewesen. Heute gab's hier nur noch Gerümpel im ehemaligen Büro und uns, drei bis sechsmal in der Woche.

„Wo ist Chris?", fragte sie und lehnte ihren Bass gegen meinen zusammengebrutzelten Verstärker.

„Keine Ahnung. Wir dachten er holt dich ab."

„Ja, das dachte ich auch."

Dennis kratzte sich mit einem Drumstick den Rücken und warf seine Stirn in Falten. Alle dachten wir daran wo Chris steckte; sowas passierte nicht zum ersten Mal. Eigentlich war es regelrecht bewundernswert wie leichtfüßig unser Gitarrist mit Ärger innerhalb der Band fertig wurde. Zu seinen besten Zeiten perlten Vorwürfe einfach von ihm ab. Geradeso als hätte er sich eingewachst. Aber was soll's, schließlich war er ein wirklich guter Gitarrist, so sehr es manchmal schmerzte es sich einzugestehen, und zudem ging auch der Übungsraum mehr oder weniger auf sein Konto. Schwerfällig tapste Dennis zurück hinter sein Schlagzeug, stellte noch rasch das Fußpedal des Highhead-Beckens ein und ließ seine Stöcke von links nach rechts und von rechts nach links gehen. Irre dieser Sound. Gerade hier in der kühlen, staubigen Halle. Sharin holte ihren pechschwarzen Bass aus der Tasche, klinkte sich bei mir am Verstärker ein und zupfte gleich an den Seiten. Für die nächsten fünf Minuten entstand ein zusammenhangloses Gewirr an Geräuschen; das sich dennoch ganz passabel anhörte. Erst danach fanden wir plätschernd zu unseren eigenen Melodien. So gut wie es eben ging ohne Leadgitarristen. Aber vielleicht ist das sowieso der richtige Zeitpunkt zu erwähnen, dass wir mittlerweile wirklich gutes Material aufzuweisen hatten. Nicht, dass es immer so gewesen oder über Nacht gekommen wäre. Auch uns hatte man vor nicht allzu langer Zeit noch als Schülerband bezeichnet, die simple Punksongs coverte und eher laut als gut spielte. Darauf was wir aus uns gemacht hatten, waren wir schon alle ein wenig stolz. Dabei ist ziemlich sicher, dass Dennis und mir all das schon gereicht hätte, ich meine wir wußten beide was gute Musik ist, doch fehlte uns vielleicht die letzte Überzeugung. Chris und vor allem Sharin waren da weit konsequenter.

Wir hatten gerade ein ruhiges Intro mit schwerem Bass und verhaltenem Schlagzeug gespielt, als Dennis überraschend eine Pause einlegte.

„Hast du eigentlich noch immer nichts gehört?", fragte er und hing mit gekreuzten Stöcken über der 14er Drum. Ich hatte schon vor Tagen aufgehört Sharin diese Frage zu stellen, gab mich nun unbeteiligt und kümmert mich rasch um eine der letzten Flaschen Bier.

„Nein, leider..." Sharin seufzte. Die andauernde Ungewißheit war für alle nervtötend, aber ihr ging es tatsächlich nahe. Über einen Monat war es jetzt schon her, dass wir eine Demo-CD an verschiedene Plattenfirmen geschickt hatten. Vollgestopft mit Stücken die uns allen wichtig waren. Keine Spielerei. Keine Effekthascherei. Keinen Scheiß! Immerhin hatten wir den großen Vorteil gehabt nicht jeden unserer Songs nehmen zu müssen. Auch wenn die Auswahl gleich einige Abende für heftige Diskussionen gesorgt hatte.

„Das wird schon noch.", gab ich aufstoßend, mit der Flasche in der Hand zum Besten. Nicht eben ein Bild von Zuversicht und Aufmunterung, ich weiß, aber was hätten wir schon anderes tun können als abzuwarten? Sollte sich die Idee, gleich recht große Labels auszuwählen, als Fehler erweisen, würden wir sowieso einiges zu bereden haben. Also ließen wir das Thema wieder einmal fallen...

„Mann, wo bleibt der?"

Manchmal ist Sharin nahezu perfekt. Kaum hatte sie sich mal erlaubt laut zu werden, hastete auch schon Chris in unsere Richtung. Es fiel gerade noch die schwere Stahltür, eingelassen in größere Tore, zu, als er sich mit knappen Worten entschuldigte.

10

Allerdings verriet sein schwerer Atem, dass er tatsächlich ein gutes Stück gerannt war.

„Tut mir leid Sharin, aber meine Batterie hat den Geist aufgegeben."

„Ist jetzt auch egal, los mach, wir sind schon eine Ecke hier."

Chris folgte ohne Widerworte und so klappte es dann tatsächlich noch mit der Probe. Einer wirklich tollen. Bedenkt man diesen Start. Vielleicht lag's ja auch am Licht, dass durch die Fenster fiel und einen schönen Schein auf den staubigen Hallenboden warf. Oder am Ärger mit der Demo. Jedenfalls sang Sharin herrlich intensiv. Ihr Stil, mehr entgegen, als zum Mikrofon hin zu singen, war recht prägend für unseren gesamten Sound. Der dadurch auch immer etwas Hall abbekam und zugleich erdig wurde. Eben wie bei einigen Stücken der *Pixies*.

Aber in der nächsten Stunde, immer wieder unterbrochen durch kleinere Pausen, war nicht nur Sharin in Bestform. Als sie mit: „*Lying somewhere, somewhere there...*" einen halben Meter vor dem Mikro stehend zu unserem Titel: -Oh... maybe back- ansetzte, waren wir alle dem grandiosen Gefühl verfallen, genau das zu machen was wir uns immer erträumt hatten und obendrein dabei gar nicht mal schlecht zu sein.

kAPITEL 6

Am Tag nach der Probe zog es niemanden von uns in den Übungsraum. Das Wetter war einfach zu gut. Herrlich geradezu. Die Sonne schien, keine Wolke war am Himmel zu sehen und die feuchte Kühle von Tau und Nacht wurde rasch zur Erinnerung.

Zumal es besser als Tags zuvor ohnehin nur schwer hätte sein können, gönnten wir uns mal wieder einen kleinen Ausflug. Eigentlich ist es dabei völlig egal wohin, solange wir nur mit Dennis' Transit unterwegs sind. Das Ding ist einfach der Hammer. Irgendwann zwischen 1970 und 1980 gebaut, mattweiß, mit geschwungenen Kotflügeln und den tierisch wirkenden Rundscheinwerfern fühlt man sich wie in einer Zeitmaschine. Obendrein ist es ein Benziner, säuft also wie ein Loch und ist mit Rückenwind ganze neunzig Sachen schnell. Aber es gibt nichts cooleres um von A nach B zu kommen.

Wohin es heute ging wußte von den übrigen niemand, als wir über die Bahnhofsbrücke hinaus aus der Stadt fuhren und wenig später ins Brigachtal einschwenkten. Dennis mochte solche Überraschungen und deshalb ließen wir es einfach auf uns zukommen.

„Ey, kuckt mal da!", rief ich zu den anderen als der Fahrer eines BMW-Cabrios aus reiner Provokation an uns vorbeizog. Dennis fuhr siebzig oder so und der nächste Ortseingang war schon in Sichtweite. Lächelnd, mit dem Wind in den Haaren, sahen wir für den Fahrer sicher aus wie unterbemittelte Idioten auf Ausgang, die sich obendrein noch im Jahrzehnt geirrt hatten. Wenn er uns denn überhaupt sah hinter seiner helmartigen Sonnenbrille. Denn die meiste Zeit schien er damit beschäftigt irgendwo zwischen Fahrersitz und Handbremshebel zu hocken. Wahrscheinlich hatte er deshalb ein so verkniffenes Grinsen. Doch das war nur der erste Eindruck. Seine Freundin jedenfalls schenkte uns ein liebes Lächeln.

Auch nach einer halben Stunde war die Ahnung wohin es gehen würde nicht zur Gewißheit geworden und Dennis schien das mit voller Absicht auszukosten.

„Wißt ihr woran mich die Landschaft hier erinnert?", fragte Sharin und strich dabei schwarze

Strähnen aus dem Gesicht. Der Fahrtwind wirbelte ihr langes schweres Haar mächtig durcheinander. Vor uns schlängelte sich die schmale Straße durch einen Tunnel von endlich wieder grünen Laubbäumen. Auf der rechten Seite sah man zwischen ihnen wie sich das Land immer wieder hob und senkte, sich Wiesen und Weiden an Hecken und niedrige Bäume schmiegten.

„England?", meinte Dennis und blickte kurz zur Seite.

„Tolkien' Shire?", sagte Chris von hinten. Ich war erstaunt. Er liest Tolkien? Hab ich da was verpaßt? Jahre geschlafen? Doch sein Eindruck stimmte und über Sharin' Lippen zog sich ein zufriedenes Lächeln. Sie war tatsächlich mit den richtigen Leuten zusammen.

„O.k.,", begann ich, lehnte mich nach vorne und blickte durch die steilstehende Frontscheibe. „... Zeit für High Fidelity, eure vier Alben, die Trotz ihrer Ruhe absolut süchtig machen!"
Überflüssig zu erwähnen, dass wir allesamt diesem Film hoffnungslos verfallen sind. Wie das Buch ist kann ich nicht sagen, aber sollte es besser sein als der Film, muß ich es unbedingt lesen – irgendwann. Jedenfalls kann ich mich noch genau daran erinnern, wie wir ihn zum ersten Mal sahen. Wow. Danach haben wir die nächsten Tage einzig damit verbracht irgendwelche Listen aufzustellen. Damit und mit dem Sortieren diverser Plattensammlungen natürlich.
Inzwischen waren wir aus dem Brigachtal, man muß sich das als lose Kette kleiner Ortschaften in einem seichten Tal vorstellen, herausgefahren. Dann an einem ehemaligen französischen Militärgelände vorbeigekommen und geradeaus weiter direkt auf Tannheim zu. Ja genau, das „Martin-Schmidt-

Tannheim". Allerdings gibt es dort auch noch eine Krebsnachsorgeklinik und einen Haufen schöner Häuser, doch das interessiert mal wieder gar keinen. Aber das nur so am Rande. Wir fuhren weiter und hatten noch immer mit meiner Frage zu kämpfen. Denn trotz dieser Leidenschaft stellte sich die Aufgabe als recht schwierig heraus. Entweder das oder sie wollten nur keinen verhängnisvollen Fehler begehen und peinliche Lieblingsalben nach außen kehren. Sharin war dann auch erwartungsgemäß die erste die eine Liste zustande brachte.

„Soft Bulletin von den Lips; emm... Up von R.E.M., dann Parachutes Coldplay und Unsung Heroine Midnight Choir."

„Midnight... wie?"

„Choir."

„Kenn ich überhaupt nicht.", meinte Dennis und schaltete kurz zurück um eine gezogene Senke der Bundesstraße ruckelfrei zu überwinden.

„Solltest du mal reinhören. – Das Beste für Herbsttage im November.", entgegnete Sharin etwas lauter um gegen das Motorengeräusch anzukommen. Als Initiator der Aufgabe hatte ich natürlich längst eine eigene Liste parat. Aber nach Sharin' Auswahl schien mir meine nicht mehr wirklich passend und so ließ ich es bleiben das von den anderen klären zu lassen. Chris fragten wir erst gar nicht. Irgendwie schaffte er es doch immer die Dire Straits auftauchen zu lassen.

Als wir ein paar Minuten später an einer Kreuzung in Wolterdingen rechts abbogen, hatten wir es schonmal in den Schwarzwald geschafft. Eigentlich ein Katzensprung von Villingen aus. Das von manchen Kartographen gar selbst in diese Gegend gepflanzt wird. Doch in Anbetracht der Motorleistung des Busses ist es wirklich ratsam sich die Strecke genau zu überlegen. Naja, mittlerweile ist Dennis ziemlich routiniert, der Situation: ich bin ein fahrender Bremsklotz, vorzubeugen. Auf ebener Strecke war es ja auch unproblematisch. Eine solche befuhren wir auch jetzt wieder, da es erneut durch ein Tal ging. Dieses mal weit enger und von steilen bewaldeten Böschungen eingerahmt, sah es so richtig nach Schwarzwald aus. Wir kamen zügig voran und ich hatte mich gerade daran gewöhnt, als Dennis auch schon links abbog, über eine kleine Brücke fuhr und den Transit auf schmalen Pfaden bergauf zwang. Leider war mir ein Straßenschild nicht aufgefallen. Das Rätselraten ging also weiter. Die Straße auf der wir unterwegs waren, wurde dabei immer schmaler und es wäre gewiß eng geworden, hätte sich jemand auf den Weg bergab gemacht. Doch es geschah nichts. Wir fuhren weiter, immer höher hinauf bis wir schließlich ankamen und sich eine alte Staumauer ins Sichtfeld drängte. Ich hab keine Ahnung wann der Betrieb dort eingestellt wurde, jedenfalls ist es lange genug her um sich an nichts anderes mehr zu erinnern. Denn als Kind bin ich öfters hier gewesen. Aber nun schon seit Jahren nicht mehr wobei Chris und Sharin, ihren Augen nach, zum ersten Mal auf die gealterte Mauer blickten. Keine Frage, es ist eindrucksvoll wie sich der alte, bemooste und verwitterte Beton nach oben reckt während das Leben am Boden des ehemaligen Stausees teilweise dschungelartig wuchert.

Scheppernd fielen die dünnen Blechtüren zu. Abschließen brauchten wir sie hier gewiß nicht. Wir gingen auf die andere Straßenseite. Mit den Beinen dicht an die Leitplanke gedrängt, verschafften wir uns einen Überblick. Inzwischen war es richtig warm, überall zwitscherten Vögel und der Wind rauschte schwach in den Baumkronen. Sonst war nichts zu hören. Unglaublich still.

„Es ist herrlich! Wie heißt das hier?", wollte Chris wissen.

„Linacher Talsperre.", antwortete Dennis und ein wenig Stolz wegen der gelungenen Überraschung klang in seiner Stimme mit. Sharin stand still da, schaute sich um und legte die Hände auf die sonnengewärmte Fahrbahnbegrenzung.

Als wir uns ein paar hundert Meter weiter die Straße entlang an die Böschung des ehemaligen Stausees setzten, geradewegs zwischen junge Bäume und herrlich grünes Gras, waren wir alle vollkommen ruhig. Doch ich meine jetzt nicht die Ruhe die im Wartezimmer meines Zahnarztes wie eine bleierne Decke über allem und jedem liegt. Nein, wirklich nicht. Ich meine, wie soll ich sagen, geistige Ruhe. Wirkliche Entspannung.

„Ist es nicht Wahnsinn,", meinte Sharin nach einer Weile. Sie saß mit den Beinen eng angezogen auf dem Boden, gefährlich nahe einer Bande Brennesseln und hatte ihre Arme auf den Knien.

„Wenn man mal daran denkt, dass Leute von sonstwoher hier her kommen um den Schwarzwald zu sehen und gleichzeitig so viele, die das jeden Tag haben könnten, es gar nicht zu schätzen wissen."
Schaute man sich hier um mußten wohl solche Gedanken aufkommen. Solche oder (befreiende) Endzeitvisionen wie in Twelve Monkeys, in denen die Natur und das Leben über tote Betonbarrieren triumphieren und sie Stück für Stück zurückerobern. Doch ganz so weit waren wir noch nicht. Außerdem fügte sich die interessante Konstruktion der Staumauer auf herrliche Weise in das Bild. Neben dem bebrüsteten Weg über die gesamte Länge der Mauer, stützten sich gewaltige Halbkreise, die zum Boden hin immer größer und dadurch zu mächtigen Kegeln wurden, der vormals wassergefüllten Seite entgegen. Das Kind in einem schrie bei einem

16

solchen Anblick geradezu danach doch einfach mal einen dieser Kegel hinunter zu rutschen. Doch das höhenangstbelastete, gealterte Ich blieb wo es war, genau hier, hier im Gras. Schließlich waren die Kegel hohl, und direkt hinter der Brüstung der Dammkrone ging es senkrecht abwärts.

Beim Betrachten der alten, eroberten Mauer, drängte sich allerdings ein Bild aus vergangenen Tagen in meine Gedanken. Damals war ein Mann doch tatsächlich auf dem schmalen Grat der Mauer balanciert und eine ganze Zeit still und bewegungslos wie ein Fahnenmast stehen geblieben; hinab schauend.

Naja, wir saßen weiterhin ruhig an der Böschung und verzichteten auf waghalsige Einlagen. Wobei Sharin irgendwann ihrerseits der Neugier nachgab und anfing die Umgebung zu erkunden. Wie ein kleines Kind, das schließlich nicht mehr stillsitzen möchte, sich weiter und weiter vom Rastplatz der Eltern fort traut und am Ende von einer riesigen, in der Kanalisation mutierten Riesenschildkröte verspeist wird. Nein. Sie schlenderte einfach für sich an der Böschung entlang. Wir, die Eltern, sahen nichts Schlimmes oder Langweiliges an ausgedehnter Ruhe und blieben gelassen zurück, gönnten uns eine satte Ladung Sommersonne.

Hin und wieder verlor Sharin auf dem steilen Untergrund trotz ihrer Stiefel den Halt. Als dann unter ihrer Sohle Kiesel knirschten und die Böschung hinunterrutschten, war glücklicherweise ein schlanker Baum in Reichweite. Auch wenn er zum Dank für seine Hilfe einige Blätter einbüßte. So ging sie eine ganze Weile ohne Ziel und war rasch außer Sichtweite. Die Sonne stand nun hoch und schickte ihre Strahlen brennend zu jedem Nacken der sich ihnen ungeschützt entgegenreckte. In Sharin' Fall bewahrten sie die langen Haare vor einem hervorragenden Sonnenbrand. Trotzdem war sie dankbar als ein schmaler Bach, oder war es eine Quelle, ihren Weg kreuzte. Plätschernd fiel das Wasser nicht mehr als hüftbreit über die Steine und Absätze. Dennoch, eine erfrischende Kühle lud förmlich dazu ein etwas zu bleiben. Sharin ging in die Hocke, kletterte mit angewinkelten Beinen soweit ans Wasser wie es ging, erreichte einen großen blanken Stein und tauchte ihre Hand in das eiskalte Wasser. Ein Lächeln flammte über ihre Lippen als die warme Haut vom sonderbar fest wirkenden Naß abgekühlt wurde. Weit unter ihr, wo das Bächlein die Talsohle erreichte, hatte sich ein kleiner See gebildet. Mit Schilf und umschlungenen, verwachsenen Ufern und Enten die lautstark ihren Geschäften nachgingen. Es war ein wunderbarer Anblick. Diese Ruhe und Geborgenheit hatte etwas von dem Gefühl das frühere Abenteurer beim ersten Blick auf die Weiten afrikanischer Steppen empfunden haben mußten. Und falls nicht, war es verdammt nah dran. Dessen war sich Sharin sicher. Sie genoß jeden Moment, beobachtete in stiller Freude und ließ ihren Körper die gute Luft wie eine Droge einatmen.

Als wir zurückfuhren, die Sonne bereits unterging und sich die aufgeheizte Erde nach einem erfrischenden Schauer oder der Kühle der Nacht sehnte, hatten wir ihn alle, den Sonnenbrand. Jedoch war bei allen anderen der rote Schatten zumindest gleichmäßig. Ich dagegen war natürlich auf der Seite liegend eingeschlafen und fieser Weise nicht geweckt worden. Danke auch. Zur Belustigung meiner lieben Freunde, die sich bestimmt 'nen Arsch abgelacht hatten, sah ich jetzt aus wie Sonnenbrand-Scarface.

„Tut's arg weh?", fragte Sharin. Von ihr hätte ich eigentlich erwartet, dass sie früher Mitleid zeigte.

„Ja verdammt!", blaffte ich zurück. Doch schon als meine rechte Hand auf der dunklen Seite und meine linke auf der taghellen, vor Hitze strotzenden Seite des Mondes lag, mußte ich selbst lachen. Oh Mann, ich wollte gar nicht an Morgen denken.

kAPITEL 7

„Oh scheiße, da muß man doch 'was drauf machen!" Ich hörte nerviges Kichern aus dem Hintergrund während ich selbstkritisch vor dem Spiegel in unserem Übungsraum stand. Wir hatten uns hier getroffen um unser Zeug zusammenzupacken und in den Transit zu verfrachten. Denn heute Abend stand ein kleines Konzert auf dem Terminkalender.

„So schlimm ist es doch nicht.", log Sharin und stellte sich neben mich. Naja, vielleicht meinte sie auch sich und nicht mich. „Außerdem, denk mal an das Licht im Limba."

„Ach...", grummelte ich und befühlte vorsichtig die feuerrote Gesichtshälfte. Es schien als hätte die Hitze über Nacht gar noch zugenommen. „... ich bin ein verdammter Krebs."

„Hummer, Erik."

„Na werden Krebse vielleicht roh gegessen? – Ach shit!"

„Mach's doch wie Jakob Dylan in den ersten Jahren und zieh dir 'nen Sack drüber.", schlug Chris vor. Er hockte gerade auf seinem Verstärker, der letzten Sache, die wir noch verstauen mußten und meinte das, glaub ich, wirklich ernst.

„Oder du wendest dem riesen Publikum einfach deine schmackhafte rechte Seite zu. - Wäre zwar ein wenig einseitig, aber hilfreich."

So? Alles klar. Ich hatte mit Dennis also auch noch meinen letzten Verbündeten verloren. – Schweinepack! Die hilfreichen Ratschläge meiner Freunde und ständigen Essens, beziehungsweise Zubereitungsvergleiche leid, trug ich Chris' Verstärker ganz allein nach draußen. Nur um meine Ruhe zu haben. Na, selbst schuld, flüsterten die eigenen Gedanken. Ich hätte wohl nicht nach Meinungen fragen sollen.

Somit waren wir dann auch schon startklar. Mehr als die eigenen Verstärker und Instrumente wäre ohnehin unnötig gewesen. Denn wenn ich zuvor von einem kleinen Konzert gesprochen hatte, so meinte ich das auch. Jedoch weniger auf das schaulustigengleiche Publikum, als auf die Austragungsstätte bezogen. Ein merkwürdiges Gefühl sobald man wirklich weiß und nicht nur hofft, dass man spielend leicht die Publikumskapazität sprengen könnte. Wir freuten uns dennoch oder vielleicht auch gerade deshalb – weiß nicht.

Als wir es Dennis überließen den Transit über Kopfsteinpflaster und durch enge Altstadtgassen so nahe wie möglich ans Café Limba zu lenken, waren es noch zwei Stunden bis wir loslegen sollten. Dabei jubelten wir heimlich, still und leise schon allein wegen der unscheinbar winzigen Fassade. Und ein Schauer lief uns über den Rücken bei dem Gedanken unsere Musik durch die nieder angebrachten Fenster in die nächtliche Altstadt entweichen zu lassen. Ebenso wie ein unaufhaltsamer, lebendiger Fluß seinen Weg über ausgetrocknetes, düsteres Land findet. Mal sehen wie lange es diesmal dauern sollte, bis all der Durst verflogen und die ersten Beschwerden der Anwohner aufkommen würden.

Grummelnd erstarb der Motor, die Tür fiel blechern zu und Dennis rieb sich die Hände; so weit so gut.

Noch war die Hoffnung auf einen gelungenen Abend von keinem Schicksalsschlag auf Größe geschrumpft worden. Und auch mit dem Aufbau sollten wir es denkbar einfach haben. Im Grunde mußten wir unser Zeugs nur aus dem Transit heraus durch die Fenster des Limba heben. Sowas hatten wir auch schon ungleich schwerer erlebt. Etwa damals als wir bei diesem Musikfest am Bodensee stundenlang ackern mußten um unsere Instrumente, Verstärker und Boxen auf einen der Vulkan-Kegel-Berge zu schleppen. Zehntausend Kilometer vom Ende der asphaltierten Straße bis hinauf zur Bühne. Ich kann euch sagen... Trotz des kurzen Wegen hier, waren wir nicht so vermessen erstmal ein Päuschen einzulegen und diese Zeit, sagen wir mal, für ein Willkommensschlückchen zu nutzen. Den etwas anderen Aperitif gab's erst nach dem Aufbau. Schließlich hatten selbst wir ein paar eiserne Regeln. Eine davon war: Läuft etwas zu gut, nimm's mit und verlaß dich drauf, dass alles viel schlimmer wird. In diesem Sinne machten wir uns an den Aufbau. – Und waren in ein paar Minuten auch schon wieder fertig. Naja, bis auf Dennis. Denn da niemand von der Zupfinstrumente-Fraktion mehr machen darf als ihm die einzelnen Bestandteile seines Ludwig Schlagzeuges zu reichen, hatten wir einen einfachen Job. Verstärker, Verzerrer, Pedalerie, Stände und die Instrumente inklusive Verkabelung.
Nun, um Gelassenheit bemüht, lehnten wir drei an der Bar. Gemeinsam mit unserem Gastgeber beobachteten wir Dennis und wie er vorsichtig alles justierte und einstellte. Chris und ich schlürften ein Bier, wobei ich mir nochmal die Möglichkeit, die ganze Zeit seitlich zu stehen, durch den Kopf gehen ließ. Sharin trank nicht, rauchte nur eine Selbstgedrehte.

„So...?“, meinte ich mit einem Blick auf das schlanke Zigarettchen.

„Du weißt doch, dass ich Gelegenheitsraucher bin.“

„Was für Gelegenheiten?“

„Wenn ich nervös bin, wenn ich gelassen bin, wenn' mir gut geht und vor allem, wenn es mir schlecht geht.“, gab sie lächelnd zurück.

„Beruhigend.“

Inzwischen hatte auch Dennis mit seiner Rumhopserei ein Ende gefunden und kam zu uns.

„Alles in Ordnung?“, erkundigte sich Mr. Barmann.

„Sowieso, ich sag dir, das wird klasse! Wir sind gut drauf, richtig heiß.“ Natürlich eine kleine Anspielung auf mich.

„Damit setzt du uns überhaupt nicht unter Druck, Dennis. Hast du vielleicht noch jemand von der Presse eingeladen? Rolling Stone, Visions oder den Musikexpress?“, fragte Sharin und ließ hauchdünne Schwaden gen Decke ziehen.

„Ihr macht das schon. Habt ihr noch irgendwelche Wünsche?“

„Wir dachten wir fangen irgendwann einfach an, warten ein Weilchen und mischen uns unter die Massen. – Ach die passende Musik dafür haben wir natürlich mitgebracht.“ Sharin konnten nur wenige Menschen böse sein. Nicht so lang sie es nicht darauf anlegte und so störte es nicht weiter, dass wir quasi die Vorgruppe, in Form des Debütalbums der Black Rebel Jungs aus der Tasche zogen.

„Alles klar. Stellt jemand den Bus noch weg?“

„Bin gleich wieder da.“, meinte Dennis und stieg, seine Taschen nach den Schlüsseln abklopfend, kurzerhand durchs Fenster wo sich bereits eine Handvoll Passanten postiert hatte und neugierig herein spähte, sich allerdings auch gleich wieder verflüchtigte als Dennis auf sie zukam.

Danach mußten wir nur noch die Zeit bis zu unserem Auftritt überbrücken, der laut einem Stellplakat vor der Tür für etwa 21.00 Uhr vorgesehen war. Also genau zu der Zeit da man gerade merkt, dass der Film am Samstagabend mal wieder Scheiße ist. – Prima!

Dass sich deshalb gleich Massen auf den Weg machten, dementiere ich besser sofort, ehe noch üble Gerüchte entstehen. Allerdings, und soviel Beurteilungsvermögen trauen wir uns schon zu, dauerte es nichtmal halb so lang wie gewöhnlich ehe keine Maus mehr hineinpaßte. Das Mobiliar, gemütliches von der Sitzbank bis zum Sprungfedern-Märchenonkel-Sessel mußte uns und dem erwarteten Publikum weichen. Wodurch das Ganze anfangs zu einer spaßigen Sommerstehparty wurde. Doch stimmungstechnisch konnten wir uns wirklich nicht beklagen. Die Gäste plätscherten nach und nach herein, wir waren bereit und draußen war es wieder einer jener Abende im Sommer, an denen man am liebsten ausgestreckt auf dem warmen Asphalt liegen und Sterne kucken möchte. Alle schienen entspannt, naja fast alle, Dennis mußte natürlich peinlich darauf achten, dass niemand seinem geliebten Schlagzeug zu nahe kam. Keine leichte Aufgabe in dem wachsenden Gedränge. Und selbst im Fall der Fälle glaube ich kaum, dass er hätte rechtzeitig eingreifen können. Wir anderen versuchten dagegen ruhig und gelassen zu wirken, nur für den Fall, dass uns doch jemand erkennen sollte.

Naja, altes Wunschdenken aus Jugendtagen das man jedoch nicht mehr so schnell los wird. Glücklicherweise hatte Sharin mit der CD-Auswahl voll ins Schwarze getroffen. Jedenfalls soweit ich das beurteilen kann. Auf mich wirkte der schwere, langsam und düster daherkommende Sound wirklich beruhigend, zumal in dieser Atmosphäre. Wie es bei ihr selbst aussah kann ich nur vermuten. Unsere Sängerin ließ auch an diesem Abend nicht von dem liebgewonnenen Ritual, sich mit einer Priese Alkohol Mut anzutrinken, ab. Mit glänzenden Augen blickte sie scheinbar gedankenverloren über den Rand ihres Glases. Ich glaube der einzige von uns, der keine Spielerei für die Nerven brauchte, war Chris.

Zehn Minuten später, draußen war es fast dunkel und hier drinnen eng, gaben wir nickend das Zeichen. Um die Sache beim Namen zu nennen, es war schon ein ziemlich cooler Auftritt. Einer den ich gegen nur ganz wenige eintauschen würde. – Wie die Musik langsam verebbte und wir uns durch den Raum schoben, zu unserem Zeug kamen noch bevor die meisten etwas von der ungewohnten Ruhe gemerkt hatten. Natürlich schlug mir das Herz bis in den Hals als ich nach meiner Gitarre griff. Das war bis jetzt noch immer so gewesen und bewirkte zudem, dass ich meinen Sonnenbrand total vergaß.

Einige Sekunden brauchten wir, wobei Sharin sich nochmal mit der Zunge über die Lippen fuhr, dann zählte Dennis leise ein: „... eins, zwei, drei... vier." – Wamm! Mit einem Schlag brachte er den kompletten Raum zum Beben, verfiel aber sofort in ein langsameres Spiel; regelmäßig wie Wellen, die an eine Kaimauer schlagen, zog er Sharin' Bass, schwer und tief gespielt ohne Hüpfer und Sprünge, wie ein bedrohliches Reptil hinter sich her. Es war genial. Wir begannen ruhig und schlugen so einen perfekten Bogen zu unserer Vorband. Und wir merkten, spätestens nachdem Sharin begonnen hatte zu singen, gehörte der Schuppen uns. Unwiderruflich und das mit jedem, der sich hineingewagt hatte. Es war einfach toll und eine Erinnerung die hoffentlich nie verblassen wird.

Laut Plan hatten wir ein Set von einer halben bis dreiviertel Stunde. Das hieß, wir konnten es mit unseren besten Songs vollstopfen. – Keine Kompromisse, keine Lücken, keine – na jetzt spielen wir noch dieses eine Cover – Aktionen. Schlicht herrlich. Wir fühlten uns wie richtige, lebendige Musiker. Wahrhaftig bis in die letzten Fasern unserer schwitzenden Körper.

Die einzige kleine Unterbrechung gab es, als uns Sharin nach dem dritten Song kurz vorstellte. Was heißt vorstellen, sie nannte den Bandnamen.

„Hallo... wir sind *How To Make Soap* und hoffen, ihr bereut nicht hier zu sein.“

Ich glaube nicht, dass es jemanden gab. Nicht einen! Ernsthaft, ich denk das wirklich. Und als Sharin dann in Oberstscher Manier vom Leben und dem wahren Spiegelbild sang, ihre Stimme tanzte, stolperte – leicht und schwer zugleich – hätte ich sterben können. Ehrlich.

kAPITEL 8

Da im Hause Ludow familiäre Probleme mittlerweile kaum noch offen besprochen wurden, zumindest nicht im Beisein aller Beteiligten, hatte man sich rechtzeitig nach Alternativen umsehen müssen. Schließlich nagten Zweifel und Befürchtungen auf beiden Seiten am Seelenheil. Doch auf welche Idee Friedrich und Melissa eines Tages gekommen waren, drang wohl besser nie nach außen.

„Aber es ist doch... wahr.“, beteuerte Friedrich hauchend. Sie hatten die hohen Fenster des

Schlafzimmers ganz geöffnet und die nächtliche Frische ließ die Vorhänge leicht hin und her wiegen.

„Ja.", gab Melissa zurück und küßte seinen Hals mit warmen Lippen.

„Ich hab den Eindruck... dass einiges... aus dem Ruder läuft." Friedrichs Atem beschleunigte sich in der Schwüle des Zimmers und seine Finger, die im Tageslicht nur Kontenpläne, Diagramme und Verträge bearbeiteten, allenfalls mal Hände schüttelten, legten sich nun erwartungsvoll zitternd auf die Pobacken seiner Frau. Und ein wohliges Jauchzen entfloh ihrer Kehle als sie den Kopf in den Nacken warf, sich wieder nach vorne beugte, mit ausgestreckten Armen und den Händen zu beiden Seiten auf der Matratze ruhend, die Bewegungen ihres Beckens drängender werden ließ.

„Sag das nochmal!"

„Was...?"

„Du weißt schon."

„Was... Ruder...?"

„Jaa...!" Sie lachte und ihre Augen leuchteten trotz der Dunkelheit.

„Ich will nicht, dass auch er sein Leben vergeudet.", keuchte Friedrich und schloß die Augen. „Nicht nachdem wir mit Sharin schon solche Probleme hatten... mmmmhhh... sie ist bald vierundzwanzig und wohnt noch immer zu Hause." Dabei war es mehr Feststellung als Vorwurf. Gewiß hatte Sharin' Vater damit noch die wenigsten Probleme.

„Versprich mir..., dass wir.... auf ihn... aufpassen!", forderte er, kaum noch zum Sprechen fähig.

„Ja... ja.... jaaahh!"

kAPITEL 9

In Momenten wie diesen fielen Sharin wirklich kaum Gründe ein, warum sie noch immer nicht ausgezogen war.

Es war spät und sie mußte morgen früh raus, hatte zusätzlich die Nachmittagsschicht übernommen und würde den Laden den ganzen Tag alleine schmeißen müssen. Doch da ihr Bruder die Gunst der abwesenden Eltern nutzte und Männerbesuch hatte, brachte sie kein Auge zu.

Genervt suchte sie verzweifelt nach Hilfsmitteln, doch weder eine andere Aussicht für die müden Augen, indem sie sich umdrehte, noch das Kissen - über dem Kopf - denn danach war es bei weitem zu heiß, waren wirkungsvoll. Schwer atmend starrte sie die Decke an. Der Schimmer der Weckeranzeige ließ die Rauhfasertapete zu einer unwirklich, grüneingetauchten Kraterlandschaft werden. Sie war drauf und dran wie eine Furie nach nebenan zu stürmen und der Zweisamkeit ein jähes Ende zu bereiten.

„Ach Mann...", entfuhr es ihr beim Blick auf die Anzeige. 2.34 Uhr prangte dort unerbittlich. Aber halt, 2.34 Uhr? Sie mußte doch kurz eingenickt sein. Irritiert richtete sie sich auf. Es war noch immer keine Rede von Ruhe. Aber nun sprachen die Beiden miteinander. Sprachen? Sharin verhörte sich nicht, sie stritten. Als schließlich ein dumpfer Schlag ihre Alarmglocken schellen ließ, hielt es sie einfach nicht mehr im Bett. Sie warf sich den Bademantel um und ging nach drüben. Doch nicht mit der zielstrebigen Geschwindigkeit einer großen Schwester die auf ihr Recht pocht. Irgend etwas ließ sie vorsichtig um die Ecke, auf den hell erleuchteten Türspalt zugehen.

„Jetzt hab dich nicht so. Hab ich dir etwa ewige Treue versprochen?" Der überhebliche Ton von Tim war selbst in Sharin' dämmrigen Zustand verletzend bis ins Mark.

„Verdammter Scheißkerl!", rief Michi. Sicher mit tränenden Augen. Dann war wieder eine Reihe von dumpfen Geräuschen zu hören. Eine merkwürdige Ruhe empfing Sharin als sie die Tür aufschob. Doch keine Stille hätte ihr einen solchen Schrecken versetzen können wie dieses Bild: Tim war über Michi gebeugt und würgte ihn. Wie ein Stahlkorsett hatten sich die großen Hände um den Hals gelegt.

„Du willst mich schlagen?", höhnte Tim ohne Sharin zu bemerken. Noch starr im ersten Moment, griff sie dann doch nach dem Nächstbesten und stürzte sich damit auf Tim. Zwei Sekunden später herrschte tatsächlich Stille und Sharin stand mit aufgerissenen Augen und dem Inliner in der Hand vor dem leblos zusammengesackten Tim. Ihr Bruder, mit hochrotem Kopf, brauchte einen Augenblick ehe er seine Lungen wieder vollsog. Er hustete und röchelte, schloß die Augen und versuchte schwer zu schlucken.

„Michi..." Sie ließ den Inliner auf Tim und sich aufs Bett fallen. „... was war hier nur los?" Tausend Gedanken schossen ihr durch den Kopf. Zu viele um sie festzuhalten. Und so blieb nur der Schock.

„Danke.", röchelte Michi. Seine Stimme hörte sich an als habe er eine schlimme Erkältung. „Es geht schon wieder. Aber was hast du mit ihm gemacht?"

„Was ich mit ihm gemacht..." Ihre Stimme schraubte sich in jähe Höhen, ehe sie vom Schluchzen gebrochen wurde.

„Ist schon gut, ist schon gut. – Ich hab dich lieb.", tröstete Michi und nahm sie in die Arme.

„Ich hab einfach eine solche Angst bekommen; da wußte ich nicht was ich tun sollte."

„Komm, schauen wir mal nach ihm."

Beiden pochte das Herz als sie über die Bettkante blickten. Eine schreckliche Zeitlang, bis sie gesehen hatten, dass er noch atmete, wagten sie nicht zu sprechen.

„Und jetzt?"

„Ich weiß nicht." Sharin versuchte zur Ruhe zu kommen. „Schauen wir nach seinem Kopf. Vielleicht blutet er.", gab sie zu bedenken und stand auf. Es war tatsächlich so. Aber bei weitem nicht so stark wie sie befürchtet hatte. Rasch nahm sie einige Papiertaschentücher vom Nachttisch und preßte sie auf die Wunde. Obschon nicht so sehr viel, war das Blut warm. Langsam sickerte es zwischen den Haaren empor. Und die große Schwester, Retterin in der Not, beruhigte sich. Sharin hatte schon auf recht harmlosen Konzerten, als Zuschauerin, Schlimmeres gesehen.

„Und?", fragte Michi hinter ihr sitzend.

„Ich hab gut gezielt."

In diesem Moment mahnte ein kurzes Muskelzucken zur Eile.

„Er wird nicht begeistert sein wenn er aufwacht."

„Blödes Arschloch!"

„Für Beschimpfungen ist später noch Zeit. Los hilf mir." Und gemeinsam, Michi unter den Achseln und Sharin an den Füßen tragend, schafften sie Tim aus dem Haus. Zogen ihm Jacke und Schuhe an, schauten nochmals nach seiner Wunder und lehnten ihn sitzend gegen die Wand. Mit rasendem Atem, der nicht von der Anstrengung des Tragens herrührte, lehnten sie sich von innen gegen die geschlossene Eingangstür und starrten in die Dunkelheit des Flures. Sagten nichts. Gedanken an eine Szene aus *Very Bad Things* ließen Sharin noch einmal den eigenen Puls wie Trommelschläge spüren.

„Sollten wir nicht die Polizei rufen?", fragte sie ohne den Kopf zu drehen.

„Bist du verrückt. Ich hab zuerst zugeschlagen!"

kAPITEL 10

Sharin sagte immer, sie könne im Grunde überall schreiben. Das heißt, sie versuchte schlicht die Gedanken festzuhalten die in ihr aufkamen; so lange bis sie die Gelegenheit hatte sie niederzuschreiben. Manchmal fand sie nur Bruchstücke von Songs, Passagen die plötzlich auftauchten und einfach nicht mehr verschwinden wollten, regelrecht Lust auf mehr machten.

Schön war es natürlich, wenn diese Einfälle an Lieblingsorten kamen, wo Papier und Bleistift nie weit entfernt waren; wenn sie in der engen Stadtbücherei an einem kleinen Tisch saß und Bücher durchblätterte. Romane, Atlanten, einfach etwas um ihre Neugier zu stillen und die Phantasie anzuregen. Auch mochte sie es im geheimen zu beobachten. Immer fanden sich Inspirationen; Bilder die sie verwenden konnte. Wobei es ganz bestimmte, ja fast geheime Momente waren, zu denen sie für sich allein und in Ruhe sein wollte. Danach dauerte es stets einige Zeit ehe sie die Ideen Chris zeigte.

Ein anderer Ort an dem sich das Abenteuer neuer Ideen, dem Kommen und Gehen der Einfälle, schlicht genießen ließ, war das Bistro. Ein Café oder Restaurant, eine Bar oder Kneipe? Es war nicht leicht, das Urgestein der Brunnenstraße einzuordnen. Aber im Grunde war es auch überhaupt nicht wichtig, was es war. Hauptsache war das wie.

Oft saßen wir hier alle gemeinsam, hielten Bandkonferenzen ab oder tranken auf den letzten gelungenen oder vermasselten Gig. Doch alleine war

Sharin beinahe jeden Tag hier. Sie liebte einfach die Atmosphäre, die kniehohen Tische, die engen Nischen und Ecken, Teppiche und Bänke. Und nur mit Überwindung hatte sie sich mit der neuen Innenfarbe, - einem hellen Beige, anfreunden können. Immerhin war der alte Ton tatsächlich alt gewesen und seit Jahrzehnten nicht verändert worden.

kAPITEL 11

Als wir vor einem Monat, an einem Mittwoch, tatsächlich das eigene Demo vor uns liegen sahen, hätte die Anspannung nicht größer sein können. Doch das allein, war noch längst nicht alles. Eine Mischung aus Stolz, Begeisterung, Erwartung und wohl auch naiver Selbstüberschätzung funkelte aus unseren Augen hinab auf den Boden. Dort lag sie, in dreifacher Ausführung. Die Aufnahmen hatten unsere Bandkasse ziemlich leer gefressen, doch in diesem Augenblick war uns das sowas von egal.
Dies war unser Ding. Etwas, das wir geschaffen hatten. Von der ersten bis zur letzten Sekunde. − Gänsehautmäßig, wirklich! Wir hatten uns sogar einen Namen einfallen lassen, als wär's eine EP oder gar ein komplettes Album. Naja, acht Songs gab es ja immerhin auf *Neversolo(w)*. Acht Stücke von uns *How To Make Soap*. Oooh, wie ging das runter, wie waren die Gedanken süß und blendend. Allein die Vorstellung jemand - und sei es nur ein abgebrühter Labeleinkäufer, ein alter Talentscout, den überhaupt nichts mehr vom Hocker reißt - uns zum ersten Mal, ohne Ahnung, hören würde, war ein Rausch.

kAPITEL 12

Eigentlich hätten wir es wissen müssen. In der Beziehung ist das Schicksal wirklich leicht auszurechnen. Doch als wir den Umschlag mit unserem Demo und der Bewerbung in den Händen hielten, war es mehr als nur ein Schlag ins Gesicht. Vielmehr fühlte es sich wie ein Tritt in die Eingeweide an. Einer, der ungefähr alle drei Minuten wiederholt wird; für Tage. Selbst heute weiß niemand außer Sharin wie lange die Antwort schon bei ihr zu Hause war. Eines ist aber sicher. Es dauerte ehe sie uns die Nachricht beibringen konnte. Sharin ist in solchen Momenten ziemlich selbstzerstörerisch. Keine Spur von dem Vertrauen, eine schwierige Situation gemeinsam mit Freunden besser durchstehen zu können.

„Hey Sharin."

„Servus Jungs."

„Hi."

„Komm, setz dich. Wir haben die Bank schon vorgewärmt."

Und Chris rückte noch ein wenig zu mir um ihr Platz zu machen. Dennis kann mit seiner freundlichen Stimme und Art zu sprechen fast jedem Menschen eine freudige Geste abringen. Selbst Sharin an einem Abend wie diesem. Er, Chris und ich hatten bereits die erste Runde hinter uns und allmählich stellte sich jene angenehme, ja familiäre Atmosphäre ein, für die unser Bistro nicht nur von Sharin geliebt wird.

„Habt ihr das letztens in der Zeitung gelesen? Die sind total begeistert von der Auslastung der neuen Tonhalle.", meinte ich angeheitert. Ich glaube es war dann doch schon das zweite Bierchen. Chris wischte sich geringschätzig den Bierschaum von der Oberlippe: „Ist ja kein Wunder, wenn ganze fünf Leute reingehen!" Auch wenn er es nicht zugegeben hätte, wußte jeder von uns, dass ihn dieses leidige Thema wirklich nervte. Zur Erklärung sollte vielleicht gesagt werden, dass die neue Tonhalle unserer Stadt tatsächlich ein Neubau ist. Denn als man die alte Tonhalle – mit der Namensgebung ist das so eine Sache, irgendwie kommt da nichts Treffenderes gegen den Volksmund an – naja. Jedenfalls wurde die alte Festhalle – ha, klappt doch – eines Tages komplett abgerissen und auf der gegenüberliegenden Seite unserer Hauptverkehrsader mit dem Bau der neuen begonnen. Idyllisch, aber auch hochwassergefährdet in direkter Nachbarschaft zur Brigach (... ein Fluß) gelegen. Was nun die abwertenden Gesten von Chris heraufbeschwört sind zwei Dinge. Nummer eins: der Neubau ist winzig, oder zumindest nicht so groß wie sich viele erhofft hatten. Und zweites: in der bisherigen Geschichte dieser Halle spielten Nachwuchsbands oder überhaupt Musikgruppen der Populärvertonung keine Rolle. Naja, das heißt sofern man Karl Moik und sein Dingsbumsstadl weder als Musikgruppe, noch als populär oder überhaupt vertonenswert betrachtet. Leider gehen da die Meinungen denkbar weit auseinander. Aber sei's drum. Man hat Chris jedenfalls sofort auf seiner Seite, wenn man über die neue Tonhalle herzieht und den Mißstand an konzertfähigen Einrichtungen anprangert. Doch selbst dieses Gespräch sollte schon rasch weit in den Hintergrund rücken. Denn als wir Jungs noch gedämpft vor uns herschmunzelten, setzte Sharin auch schon zu ihrer ernüchternden und nie vergessenen Rede an: „Ich hab schlechte Nachrichten.", sagte sie leise. So das auch jemand der sie nicht kannte, augenblicklich zu ahnen begann, welchen Gehalt diese Nachricht haben würde. Ohne tatsächlich nachzufragen, aber um so befürchtender blickten wir sie an. Rasch und brutal zog sie schließlich den braunen Umschlag aus ihrem Rucksack hervor. Er war ganz verknittert. Als hätte sie Stunden damit zugebracht ihn in den Händen zu halten und ungläubig anzustarren.

„Sie wollen uns nicht." Ihre Stimme klang nüchtern. Sie hatte geübt.

„Wie...?" Dennis stockte, verstummte und seine Stimme wurde von Zähnen begraben, die verstört auf der Unterlippe herumkauten.

„Shit! – Was haben die denn geschrieben? Was fehlt uns diesen Ärschen zufolge denn noch?", wollte Chris wissen. Der Anspruch den Sharin und er dank ihres Ehrgeizes in die Band gebracht hatten, veredelte Absagen auf eine ganz besondere Weise. Sie wurden zu alles in Frage stellenden Niederlagen; brennend und heiß. Ein Schweißbrenner hätte nicht mehr Schaden anrichten können. Und doch; Chris hatte sich ein Argument zurecht gelegt, eine Hilfe, womit er letztlich leben konnte. – Zu wirr, zu deprimiert, zu wenig massenkompatibel waren Formulierungen, die am Ende nur eines sagten: 'Ihr seid zu schräg, respektive gut für unsere Kundschaft. Spielt doch eingängigeres, leichteres, belangloses und austauschbares.'
Solche Absagen machten es leicht den Kopf nicht hängen zu lassen, - den ersten Frust einfach hinunterzuschlucken und anschließend genau den eingeschlagenen Weg weiter zu bestreiten. Solche Absagen waren Komplimente; und die wertvollsten obendrein, denn keine waren ehrlicher.
Allerdings sollten die Herren Talentscouts uns diesmal keinen Gefallen tun. Ganz im Gegenteil.

„Nichts!"

„Was?" Die Wut kochte in uns hoch und bahnte sich ihren Weg, unaufhaltsam und laut.

„Was meinst du mit nichts?"

„Sie haben keine Gründe für die Absage angegeben." Sharin legte das blitzblanke Schreiben auf den Tisch. Innerhalb von nur zweieinhalb Zeilen schafften es diese Typen uns zu zerstören. Fast zitternd griff sich Chris das Blatt. Immer wieder rasten seine Augen darüber hinweg.

... wir bedauern es, ihnen mitteilen zu müssen, dass wir momentan keine Möglichkeit sehen... dennoch danken wir Ihnen für das Interesse an unserem... weiterhin viel... bla bla bla. Noch mehr Stuß als auf dem gleichnamigen Album von Iggy.

„Ich faß es nicht!" Chris war mittlerweile ganz bleich und neugierige Blicke von einer jungen blonden Frau lasteten auf uns. Doch auch Anna konnte uns jetzt nicht helfen. – Niemand brauchte sich aufzuregen, denn für Minuten sprachen wir kein einziges Wort, ließen den Brief rumgehen und waren einfach nur fertig.

Eine überzogene Reaktion? – Na da kann ich nur sagen FICK DICH. Wir wußten selbst am Besten, dass der Markt total überschwemmt wird von guten neuen Bands, es hinzukommend aber auch Haufen von everestschen Ausmaßen gibt; Todeszonen bildene Schichten pseudo alternativer Lalala-Bands, genmanipulierte, mit Wachstumsbeschleunigern großgezogene The-Bands... Nicht zu vergessen die Untiefen der massenhaft aufkommenden, Base-Cap tragenden Nu-Metal, Heavy-Hardcore-Nieten Combos; die'... ich hab mir einen Stahlbolzen ins Hirn getrieben und bin hart drauf' Schwachmaten wie... ach ich sag jetzt besser nichts.

Natürlich gingen diese oder ähnliche Gedanken jedem von uns durch den Kopf, doch niemand hatte die Energie sie auch auszusprechen. Viel zu groß waren Frust und Ärger. Und als dann Sharin auch noch anfing sich bei allen zu entschuldigen, war's ganz aus. Ich wolle nur noch schreien. Die ganze verdammte Welt zusammenschreien.

„Es tut mir wirklich leid Jungs."

„Hey, sag sowas nie, nie wieder!", sagte ich, nahm mir ein Herz und legte meinen Arm um sie, ganz ohne Hintergedanken, die ich leider viel zu oft habe, wenn ich in ihrer unmittelbaren Nähe bin.

„Aber wenn ich nicht gewesen wäre, hätten wir weder ein Demo aufgenommen, noch unser ganzes Geld verloren und schon gar nicht diesen scheiß Fetzen hier!"

„Du sagst es, ohne dich wäre es auch sinnlos gewesen ein Demo zu versuchen." Manchmal war Chris ein verdammter Sack, arrogant und eingebildet. Doch hin und wieder mußte man ihn einfach mögen. Der Rauch seiner Zigarette stieg vor seinem Gesicht auf. Dass diese Schweine jetzt auch noch Sharin fertig machten, fehlte gerade noch.

„Eben. Scheiß doch drauf. Scheiß drauf; diese Idioten. Die werden sich schon noch in den Hintern beißen, verlaßt euch drauf.", sagte Dennis und versuchte gar aufmunternd zu lächeln.
Wie gesagt, wir hätten es gleich besser wissen sollen. Doch an diesem Abend, mit den halbleeren Gläsern und einem übervollen Aschenbecher, mußten wir irgendwie die Kurve kriegen. Die Möglichkeit, dass auch die Urteile der übrigen Labels nicht besser ausfielen, schoben wir solange als undenkbar vor uns her, bis wir von unseren eigenen Ängsten eingeholt wurden. Und wir gar keine andere Wahl hatten als uns damit auseinanderzusetzen. Für das wie und wo gab es unendlich viel Gelegenheiten und sah bei jedem von uns auch anders aus. Eine Woche, eine verdammte Woche innerhalb der sich alle mit Absagen meldeten. Geradeso als wär's abgesprochen. Und

nur in einem Schreiben machte man sich die Mühe
für einen neun Zeilen Text.

kAPITEL 13

Unbestritten hatte der Schock gesessen und steckte
nun tief in unseren Köpfen. Aber wenn ich ehrlich
bin, kam ich noch ganz gut damit klar. Naja, das
muß sich jetzt wieder anhören; egal, es war so.
Als Band existierten wir deshalb aber trotzdem nicht
mehr. Wir sagten zwar, dass wir uns ganz normal
wieder sehen würden, doch kam es vollkommen
anders. Natürlich. Jeder koppelte sich ab und suchte
Zerstreuung. Trieb irgend etwas um sich von dem
vibrierenden Stachel im Hirn abzulenken. Ich
machte erstmal blau und ging nicht arbeiten. Ich
glaub allerdings nicht, dass es großartig ins Gewicht
fiel. – Hab ich überhaupt schon erwähnt wo ich mein
Geld verdiene? Wahrscheinlich nicht und ihr werdet
das sicher verstehen sobald ich es erst erzählt habe.
Irgendwann, als die schöne Schulzeit und auch mein
Zivildienst hinter mir lagen, ging's für mich erstmal
darum ein wenig Geld zur Seite zu schaffen. Fürs
Studium, eine Weltreise, oder das komplette Set von
Fender; ich war da ziemlich variabel. Leicht
verdientes Geld, je nachdem wo man die Meßlatte
ansiedelt, gab's für mich im
Kunststoffverarbeitungsbetrieb meines Stiefonkels.
Nichts worauf ich stolz sein könnte aber wenn ich an
meine dortigen Kollegen denke und die Arbeit die
sie zum Teil leisten müssen, werde ich ganz schnell
still. Dort also bediene ich halbtags ein knappes
halbes Dutzend, ach was red ich, es sind nicht mehr
als vier, Maschinen und verdiene ganz gut dabei.
Aber lassen wir das jetzt. In Zeiten wie diesen über

die Arbeit nachzudenken deprimierte mich schon immer.

Ich versuchte den Ärger dagegen mit Bier - meine Leidenschaft für dieses Gebräu wird allmählich kugelrund sichtbar – und einer gefährlichen Dosis Dauerzapping auszumerzen. Und ich weiß wirklich nicht ob es ein gutes Zeichen ist, dass mir dieses Vorhaben Mithilfe des vorherrschenden Fernsehprogramms spielend gelang. So ertappte mich denn auch das Telefon dabei, wie ich ausgestreckt und den eben erwähnten Bauch kraulend, auf meiner alten Couch lag und miterlebte wie nachmittags die Jugendberaterin über die Relevanz von Anal-Verkehr in einer gesunden Beziehungen referierte.

„Ja hallo?"

„Selber hallo. Und – kommst du?" Sharin' Stimme ließ mich zusammenzucken und rasch nach der Fernbedienung greifen.

„Wohin?"

„Zur Probe." Dabei hörte sie sich vollkommen normal an. Kein bißchen betrübt und überhaupt nicht so wie ich es erwartet hatte.

„Emm..."

„Erik, nun komm schon. Seit drei Tagen meldet sich keiner von euch Säcken. Ich könnte zwar auch ständig kotzen aber..."

„Du machst es nicht. Ist ja schon gut. Ich fahr gleich los.", versprach ich augenreibend. Und meine Hand fummelte Reste der Pide von heute morgen aus den Mundwinkeln. Besser ich kam vorerst keinem Spiegel in die Quere. Naja, ihr kennt ja solche Vorsätze, ist das gleiche wie mit der Masturbation, - nicht einzuhalten. Bevor ich eine halbe Stunde später im Übungsraum auftauchte, war's dann doch passiert. Glücklicherweise, denn allein mein Bierbäuchlein, merkwürdig dass mir die

Kugel erst in den letzten Tagen derart aufgefallen war, reichte schon um mich vor Sharin hinter meiner Gitarre zu verstecken. Zumal wir ja auch noch alleine waren. Und bevor es jetzt jeder gleich hinausschreit, ja ich weiß auch, dass es kindisch und blöd ist.

„Hi.", sagte ich leise und ging langsam auf meine Chefin zu. Sicher hätte sie es mit Händen und Füßen bestritten, doch war Sharin definitiv das tragende Element unserer Band. Noch weit mehr als unser zweiter kluger Kopf Chris.

„Ich dachte schon du kommst gar nicht mehr."

„Na dein Anruf ist doch erst..." Ich verstummte rasch angesichts des Blickes auf meine Wesfalia Uhr Model Bahnhofshalle.

„Upps... ich mußte mich noch ein wenig herrichten."

„Oh, danke für die Rücksicht.", witzelte sie lächelnd und blickte wieder auf einen kleinen Block der auf ihren Knien ruhte. Ich kam näher, setzte mich und packte mein Zeug aus. Doch mehr aus Gewohnheit denn aus Berechnung.

„Und die anderen beiden?"

„Habe ich nicht erreicht."
Ihre Ruhe war unheimlich. Doch zunächst spielte ich mit. Was blieb mir auch anderes übrig?

„Ich hab einen neuen Text geschrieben und wollte den mit dir durchgehen." Und schon wieder hatte sich die Tonlage komplett gewandelt. Aber so war Sharin eben. Sie liebte die Musik und alles was nötig war sie entstehen zu lassen. Dieses Zwischenspiel, das Spannungsfeld aus Streß, Frustration auf der einen und Freude sowie Erleichterung auf der anderen konnte ihr niemand nehmen. Absolut niemand.

„Schön, was hast du vor?", fragte ich eine ungewohnte Rolle bekleidend. Auch wenn wir die

Songs grundsätzlich als Band schrieben, blieben für Dennis und mich naturgemäß eher die ergänzenden Kleinigkeiten übrig. Dass sie so früh mit mir über neue Ideen sprach, war ein tolles Gefühl.

„Hier schau mal." Sie reichte mir den Block und wartete gespannt bis ich die ersten Zeilen überflogen hatte.

„Erinnerst du dich an die Cover-Versionen vom *Nirvana Unplugged* Konzert?", fragte sie vorsichtig. Ihr wachsende Neugier, was ich von dem Text hielt, war nicht zu überhören.

„Vage."

„Ich meine *Plateau*. – Ganz charakteristisch gesungen."

„Stimmt. Ich erinner' mich. Irgendwie schaurig."

„Etwas Ähnliches hatte ich dafür auch im Sinn."

„Aha.", hörte ich mich selbst sagen und las mit dieser neuen Information noch einmal.
Remember the time hatte Sharin das Stück getauft. May you laugh... now that I'm... down. An manchen Stellen paßten Text und Melodie auf Anhieb zueinander. Andere Passagen erschienen mir recht anspruchsvoll und wie eine Herausforderung für Sharin' Stimme.

„Ja und ich dachte du könntest ihn singen."

„Was, ich?"

„Ja, warum nicht? Es soll ja kein Cover oder Rip off werden, aber in meinem Kopf ist es deine Tonlage. Brüchig, rauh und verletzt." Sharin funkelte mich an. Sie meinte es zweifellos ernst und brachte mich in ziemliche Bedrängnis. Nicht dass ich es vorhatte, aber sollte ich ablehnen, könnte ich mich nie wieder wegen einer scheinbar ungerechten Rollenverteilung beschweren.

„Ich weiß nicht.", sagte ich unschlüssig. Dabei hatte ich mich schon längst entschieden; wollte Sharin nur noch ein wenig über mein bisher einzig als Hintergrundstimme aufgefallenes Organ schwärmen lassen.

„Du machst das schon."

Ich biß mir auf die Unterlippe und nickte motiviert, hielt den Block weiterhin in den Händen und versuchte mich in den Text einzufinden. Natürlich war nicht im Traum dran zu denken, dass ich mit einem ersten Versuch gleich loslegte. Also spielte ich auf unser vordergründigstes Problem an.

„Und was jetzt?"

„Wir machen erstmal weiter."

„Jetzt oder meinst du auch allgemein?" Natürlich war die Frage dumm gestellt. Aber Sharin wußte auch, dass sie sich auf mich verlassen kann. Trotz meines Ungeschicks. Womöglich gab ich damit auch erst den Anstoß um einige Dinge zu besprechen. Jedenfalls schien der Drang, alles zu klären von Sekunde zu Sekunde stärker zu werden und wie glänzendes Öl aus ihren dunklen Augen hervorzubrechen.

„Ich mache mir ziemliche Sorgen."

„Meinst du etwa die anderen wollen alles hinschmeißen?"

„Ich weiß nicht."

„Was ist mit Dennis, hast du mit ihm seitdem gesprochen?"

„Nein,", seufzte Sharin. „Aber wegen ihm ärgere ich mich nicht. Er ist ein netter Kerl und würde bestimmt nicht einfach aufhören."

„Du meinst nicht so wie Chris."

„Irgend etwas sagt mir, dass er keine Lust mehr hat." Mein Geist versuchte eben noch mit dieser Einschätzung klarzukommen, als mein Mund auch schon aussprach, was ich mir hätte besser überlegen sollen.

„Aber ohne ihn sind wir scheiße!"

„Und weshalb sagst du ihm das nicht mal?"

Was war hier eigentlich los? Hatte sie mir eine Falle gestellt um mir mal etwas Objektivität zu entlocken; um mir zu zeigen auf was es im Grunde ankam und dass die Zeit für kindische Eifersüchteleien endgültig vorüber war; hatte sie mich durchschaut? Einen Moment lang wurde mir schwindelig und Sharin zu einer unheimlich gerissenen Person.

kAPITEL 14

„Nee, laß mal Karsten, ich bezweifle dass es Petra gefallen würde, wenn ich mit den Jungs das ganze Wochenende verschwinde.“

„Aber es ist der letzte Spieltag!“

„Trotzdem.“ Die Beiden blickten sich nur kurz an. Doch schließlich ließ Karsten weitere Überzeugungsversuche bleiben. Sein Freund und Kollege war selten umzustimmen.

„Hier, hier muß es sein.“, meinte der Fahrer nüchtern, emotionslos. Es war Zeit für die Arbeit. Als sie ausstiegen, die Schultern wegen des Regens hochzogen und den Wagen in der Kalkofenstraße zurückließen, wehten Böen frisch durch die Kronen der umherstehenden Bäume. Der Himmel war grau und düster; von den Geräuschen ihrer Schnürschuhe die auf dem kiesbedeckten Untergrund fast so sehr rutschten wie im Schnee, wurde das Meiste davongetragen. Ungemütlich war es draußen und ungemütlich sollte es drinnen werden.

„Ja bitte?“

„Schönen Tag Frau Ludow, Kriminalpolizei. Würden sie uns bitte aufmachen.“, sagte Jens Köppers mit ruhiger Stimme, erwartete jedoch nicht sofort das Summen des Türöffners zu hören. Längst hatten sich die beiden Polizeibeamten soweit konzentriert um Gesten, sonderbare Pausen oder vermeidliche Randbemerkungen nicht als solche leichthin abzutun. Und der überraschte Moment, das verunsicherte Schweigen von Melissa Ludow an der Sprechanlage, war etwas das sie gewiß wahrnahmen.

„Einen Augenblick bitte."

Noch einmal blickten sich die Männer abschätzend an, dann wurde auch schon die Tür einen Spalt geöffnet.

„Guten Tag Frau Ludow, dürfen wir einen Moment hereinkommen?"

„Bitte um was geht es? – Kann ich ihre Dienstausweise sehen?" Trotz der blassen Haut und der Befürchtung in ihren Augen bewahrte sich Melissa ein wenig Sicherheit.

„Natürlich. – Mein Name ist Jens Köppers, dies ist mein Kollege Kommissar Braun. Können wir nun hereinkommen? Wir haben nur einige Fragen."

Melissa, mit den Ausweisen vor Augen, gelang es sich zu beruhigen und öffnete.

„Es ist doch nicht etwas mit Sharin passiert?", wollte sie besorgt wissen als die Männer ihr in den Flur folgten.

„Sharin?"

„Unsere Tochter. Ist etwas mit ihr?"

Der Angst zufolge war sie nicht zu Hause und geriet womöglich hin und wieder in Schwierigkeiten.

„Nein, wegen ihr sind wir nicht gekommen.", beruhigte Köppers und blickte sich unauffällig um. Sie legten ihre Jacken an der Garderobe ab und nahmen im Wohnzimmer Platz.

„Weshalb sind sie, ich meine, wie kann ich ihnen helfen?"

„Ist ihr Sohn Michael zu Hause?"

Wieder pochte die eben erst verbannte Angst in Melissa hoch. Und das ohne zu wissen aus welchem Grund. Es war schlicht das Gefühl einer nicht sichtbaren Bedrohung, das ihr gerade deshalb die

Kehle zuschnürte. Unbewußt tasteten ihre Finger nach dem Kissen der Sitzgarnitur.

„Ja – soll, soll ich ihn rufen?"

„Nein, vielleicht später. Womöglich können sie uns ja schon weiterhelfen." Obwohl Köppers im Zwiespalt der Informationsfindung einerseits und einer schonenden Befragung andererseits lag, hatte ihm die Erfahrung schmerzlich gelehrt wie wichtig Geduld in solchen Gesprächen war.

„Können sie uns sagen wo ihr Sohn in der Nacht zum 16. Mai gewesen ist?"

„Worum geht es denn?"

„Würden sie bitte die Frage beantworten."

„Was wird ihm vorgeworfen?"

„Noch nichts Frau Ludow, bitte, beantworten sie die Frage."

„Also,", der Gedanke an Selbstbestimmung und Stärke ließ sie zögern. „... sie überfallen mich hier regelrecht, stellen Fragen und..."

„Also gut, wir untersuchen den Todesfall Tim Derrmann."

„Wie bitte, Tim ist tot?"

„Ja, leider. Sie kannten demnach Herrn Derrmann?"

„Ja sicher. Er ist ein Schul- und Studienfreund von Michael. Soll das etwa heißen..." Melissa' Augen wurden groß und größer. Nicht mehr traurig sondern wehrhaft.

„Bitte Frau Ludow, wir beschuldigen niemanden.

„Doch das tun sie!"

„Nein, hören sie zu, wir möchten einfach so viel wie möglich ausschließen. Helfen sie uns doch bitte dabei." Köppers war wirklich gut und fand genau den richtigen Ton zwischen Drängen und Zurückhaltung. Er erweckte den Eindruck jemanden vor sich zu haben, dem es um die Wahrheit ging. Jemand der es nicht nötig hatte übertrieben

44

freundlich, einschmeichelnd und falsch zu sein. Doch gewiß jemand der stets wußte, dass er es bei aller Distanz mit Menschen zu tun.

„Können sie uns nun sagen wo ihr Sohn in der erwähnten Nacht war?"

„Emm, ja..." Wieder zögern. Sie spürte jedoch das sie insgeheim kooperieren wollte. „... ich nehme an hier, zu Hause."

„Sicher sind sie nicht?"

„Leider nicht, mein Mann und ich waren bis gestern geschäftlich in Mailand." Ohne dabei aufzufallen hielt Karsten Braun alles Gesprochene auf einem Notizblock fest. Schon vor langer Zeit war man mit dieser etwas altbackenen Methode von Gedächtnisprotokollen abgewichen.

„Und sie sagen Herr Derrmann war ein guter Freund ihres Sohnes. Trotz des Altersunterschiedes."

„Ja, sie kannten sich schon seit Jahren, haben viel gemeinsam unternommen und kürzlich auch ein Studium begonnen."
Nickend sah Köppers gleich mehrere Informationen und Spekulationen bestätigt. Am Morgen waren sie bereits am Campus der Fachhochschule gewesen.

„Könnten wir nun noch einen Moment mit ihrem Sohn sprechen?"

„Ja sicher." Und Melissa ging um Michael zu holen.

„Was meinst du?"

„Dass sie nichts von der Homosexualität ihres Sohnes weiß."
Ein paar Minuten später hörten sie weiche Schritte auf der Holztreppe und Melissa stand mit Michael vor ihnen. Mit hängenden Schultern und gesenkten Kopf sah es ganz danach aus, als hätte ihm seine Mutter die schlimme Nachricht bereits mitgeteilt.

„Setzen sie sich doch bitte Herr Ludow. Sie wissen weshalb wir hier sind?"

„Ja.", gab Michi bedrückt zu. Die Augen rot und feucht vor Tränen.

„Es tut mir leid, sie das jetzt fragen zu müssen, aber sagen sie uns bitte wo sie sich in der Nacht zum 16. Mai aufhielten."
Melissa hatte ihren Arm um ihn gelegt und hielt seinen Kopf an ihren Hals. Es dauerte; doch als Michi antwortete saß er aufrecht vor den Polizisten.

„Ich war hier. In meinem Zimmer und hab geschlafen."
Plötzlich, aus unersichtlichen und verwirrenden Gründen hatte es Köppers eilig, blickte rasch zu Braun und erhob sich: „Dann bedanken wir uns für die Zeit. Soweit haben wir keine Fragen mehr."

„Können sie nicht erzählen was eigentlich passiert ist? Ich meine was hat das zu bedeuten?", fragte Michi noch ehe er die Hand des Polizisten schüttelte.

„Ich kann mich nur wiederholen. – Es tut mir leid. Bitte halten sie sich für weitere Fragen bereit. Hier ist meine Karte."
Als sie wieder über die Kieselsteine der Einfahrt gingen, waren beide froh den kühlen Regen auf der Haut zu spüren.

„Hast du die Spuren an seinem Hals gesehen?", frage Braun und stieg ein.

„Ja hab ich." Köppers strich sich den Regen aus den Haaren und fuhr los.

kAPITEL 15

Als Sharin zwei Stunden später endlich von der Probe nach Hause kam, ich hatte doch tatsächlich einige Gesangsversuche gestartet, war Melissa schon wieder deutlich ruhiger. Das Gespräch mit dem Familienanwalt hatte geholfen. Laut Dr. Walter Engesser war eine solche Befragung tatsächlich

Routine, mittels der die Polizei versuchte die letzten Tage eines Opfers Revue passieren zu lassen. Auch wenn sich die Beamten vage und vorsichtig ausgedrückt hatten, wie Engesser bemerkte. Zweifellos war es wichtig nun in Kontakt zu bleiben.

Geräuschvoll schloß Sharin die schwere Haustür auf und legte klirrend das Schlüsselbund auf die Kommode im Flur. Irgendwie erkannte ein geübtes Ohr schon allein wegen der ersten Laute wer gerade nach Hause gekommen war.

„Hallo.“, sagte sie von der Probe aufgemuntert und verschwand auch schon im Gäste-WC.

„Sharin.“ Zu spät. Ungeduldig stand Melissa auf und ging langsam im Wohnzimmer umher. Tim war zwar kein Familienmitglied gewesen, doch war dies Grund genug Sharin deshalb gleich mit der Todesnachricht zu überfallen? Andererseits war Michi jetzt allein in seinem Zimmer und würde sich wohl einzig von Sharin trösten lassen.

„Sharin, - Sharin kommst du mal? – Sharin!“ Ach was war nur mit diesem Mädchen los. Anscheinend litt sie nicht nur unter einer schwachen Blase; diese Proben hielten sie auch noch vom Essen ab.

„Was ist, ich mach mir nur rasch was zu essen.“, rief sie hallend aus der Küche.

„Kann das nicht warten? – Es ist wichtig.“ Mittlerweile war sicher, dass sie es ihr einfach sagen würde.

„Was ist?“, fragte sie und steckte sich noch rasch einen Keks in den Mund.

„Setz dich. Es ist etwas Schlimmes passiert.“ Allein der Tonfall war Warnung genug. Sharin merkte wie das Blut ihren Kopf verließ, die Zunge schwer und die Hände kalt wurden.

„Die Polizei war vorhin hier. – Michael‘ Freund, Tim ist tot.“

„Wie...? Tot?" Sie blinzelte kräftig und schluckte schwer.

„Sie haben nichts Genaues gesagt, wollten nur mit uns sprechen. – Es war wirklich nicht schön."

„Mit euch, wo ist Michi?"

„Oben, vielleicht redest du mal mit..." Doch Sharin war bereits auf dem Weg und ihre Stiefel tönten auf der Treppe. Oben auf dem Treppenabsatz verharrte sie jedoch und ihre Bewegungen wurden langsamer. An Michi' Zimmertür klopfte sie zaghaft und erfolglos. Die Musik war deutlich zu hören. Michi lieh sich oft CD's von Sharin. Wenn er nachdenken mußte, war es jedoch immer dieselbe. Sharin hörte Micheal Stipe als sie die Tür aufmachte und Michi auf dem Boden vor seinem Bett sitzend fand. Er hatte seine Arme um die Knie geschlungen und war total verheult. Sharin krampfte es das Herz zusammen beim Gedanken an die Polizisten und wie sie die Nachricht überbracht hatten; wie Michi gelitten haben mußte und welche Ängste nun nach ihm griffen. Ihr wurde schwindelig. Dabei mußte sie sich jetzt zusammenreißen. Ein wenig zumindest.

„Hi.", sagte sie mit belegter Stimme, setzte sich vor ihn, zog ebenso die Beine an und versuchte unter ihren schwarzen Brauen in seine Augen zu schielen. Doch er schaute weg und sagte kein Wort. Schluchzte nur bitterlich während Tränen und Rotz an seinem Gesicht hinunterliefen. Gerade als sie ihn in die Arme nehmen und einfach nur drücken wollte, fuhr er herum. Mit verbissen dreinblickenden Augen und bebenden, zitternden Lippen, bereit dem Schicksal selbst die Meinung zu sagen.

„Ich weiß, du hast ihn nur für ein fieses Arschloch gehalten – und oft war er es ja auch. Aber er konnte auch ganz anders sein und mir ist völlig egal wie sich das anhört!"

Sharin sagte nichts, denn Michi hatte recht. Genau das und manchmal auch Schlimmeres, hatte sie von Tim gehalten. Einem Mann, der in ihren Augen zum reinen Spaß die Verunsicherung und Sehnsucht ihres Bruders ausgenutzt hatte, ohne im Gegenzug auch nur einen Funken an wahrer Zuneigung zurückzugeben. Aber jetzt war es ohnehin vorbei und sie schaute bittend, vielleicht um Verzeihung, oder dafür dass sich Michi jetzt nicht selbst zerfleischte. Und während Stipe davon sang, dass Narr womöglich sein zweiter Vorname ist und Sharin ohne große Worte bei ihm blieb, schien es als könne Michi zum ersten Mal wieder tief durchatmen ohne dass glühende Nadeln die zarte Haut seines Inneren durchfurchten. Dies war der Schmerz und die Trauer die alles übertreffend eine nun aufkommende Angst zunächst überlagert hatten. Die Furcht, irgendwie am Tod von Tim beteiligt gewesen zu sein, Schuld zu haben, war schrecklich, aber doch leichter zu bewältigen. In gewisser Weise zumindest. Und außerdem konnte er sie teilen.

„Aber er war doch kurz vorm Aufwachen als wir ihn raustrugen.", sagte Michi plötzlich und brachte seine Schwester damit erst wieder auf die Geschehnisse des Streites zurück.

„Ja natürlich, du glaubst doch nicht, dass mein Schlag, ich meine, dass ich ihn..." Ihr versagte angesichts der Vorstellung die Stimme.

„Nein, nein. Bestimmt nicht. Ich hab halt einfach nur Angst. – Vor so vielem."

„Was hat die Polizei denn gesagt?"

„Nichts, das ist es ja eben. Nur das er tot ist."

„Müssen die das nicht?", warf Sharin in den Raum. Allerdings wußte sie selbst in diesem Moment, dass ihr Rechtsverständnis von zu vielen Filmen gehörig durcheinander gebracht worden war.

„Aber allein, dass es die Kriminalpolizei war..."

Sharin kramte in ihrem Gedächtnis nach etwas wodurch sie einigermaßen ruhig schlafen würde können. Unter Mordverdacht und sei es nur Totschlag, zu stehen trieb ihr den Puls unerträglich in die Höhe.

„Doch soweit ich weiß, müssen die jeden Unfall mit Todesfolge untersuchen."

„Jeden Unfall? – Glaub ich nicht." Michi' Augen waren ein wenig getrocknet. Suchten aber dafür nur ebenso nach rettenden Gedanken. – Irgendwo im Nichts.

„Aber auf alle Fälle kommen sie bei Selbstmord.", sagte Sharin und war sichtlich erleichtert, zumindest den Ansatz einer Erklärung gefunden zu haben. Wobei ein Selbstmord für alle, die Tim näher kennengelernt hatten, wohl nie in Frage gekommen wäre. War es womöglich gerade deshalb nur um so wahrscheinlicher? Tim war ständig selbstbewußt, redselig und das Gegenteil von Michi. Tim war jemand der im angetrunkenem Zustand mit Absicht über einen auf der Straße verendeten Marder gefahren war. Tim war jemand der, obwohl es für Michi stets eine feste Beziehung gewesen war, andere Männer gehabt hatte. Nein, da paßte ein Selbstmord einfach nicht dazu.

„Was sollen wir machen?", fragte er, rieb sich die Nase und weinte schon eine ganze Weile nicht mehr.

„Ich weiß nicht." Sharin sah noch müder und total geschwächt aus. Irgendwie lag auf jeder Geste und jedem Wort der Schatten einer fatalen und folgenschweren Entscheidung. Alles wirkte gar nicht so real wie es hätte sein sollen. Ein ums andere Mal hatte sie den verwirrenden Eindruck ihren Körper zu verlassen und dem Gespräch als Zuschauerin zu folgen. Und ein merkwürdiges Verständnis für das Ich, die innere und äußere Stimme, rundete dieses Bild ab. Am liebsten hätte sie laut aufgeschrien.

„Sollte ich nicht zur Polizei gehen und erzählen was bei dem Streit passiert ist. – Hier, ich hab die Karte des Kommissars." Sharin gefiel nicht, wie mehr und mehr alles von ihren Überlegungen abhängig wurde. Was, wenn sie sich irrte? Sicher, sie wollte helfen und hatte Michi die Hand gereicht, doch mußte er sich deshalb gleich wie ein kleines Kind an sie klammern? Konnte er nicht selbst entscheiden was er tun wollte? Aber Sharin erschütterten diese Gedanken und sie beeilte sich, sie möglichst weit weg zu schieben. Selbstverständlich fragt er dich um Hilfe, dumme Kuh, wen auch sonst?

„Ich glaube es wäre besser wir warten ab." War er das, der folgenschwere Fehler? „Ich meine, schließlich wissen wir ja überhaupt nicht was geschehen ist. Am Ende wurde er von einem Auto überfahren und die Polizei prüft bloß ob er seelisch aufgewühlt war, oder sowas."
Auch wenn er sich verschiedene Todesvisionen vor Augen hielt, war er froh um Sharin' Gedanken. Denn bis zu einem gewissen Grad waren sie einleuchtend, tröstlich. Und so beschlossen sie, mit einer mächtigen Portion Erleichterung, und während durch die Boxen eben noch *Circus Envy* lief, vorerst schweigend abzuwarten.

kAPITEL 16

Auf eine ziemlich perverse Art fand Sharin am Tod von Tim rasch gleich mehrere Vorteile. Natürlich gehörte keiner davon zum spaßigen Tischgespräch. Auch nicht unter besten Freunden oder Alkohol. Trotzdem, innerlich war ihr erstens bewußt, dass es Michi ohne Tim auf lange Sicht besser ging, dieses Schwein ihn doch nur gefickt und wie Dreck behandelt hatte und zweitens, stürzte sie sich nun noch gieriger in das Vorhaben die Band zu bewahren.

Auf mich konnte sie zählen, das wußte sie und aus diesem Grund verschwand ich auch erstmal aus ihren Gedanken. Auf Dennis hoffte sie, da mußte es schon mit dem Teufel zugehen, ihn nicht mehr ins Boot holen zu können. Echte Sorgen bereitete nur Chris. Denn trotz der kleinen Falle im Übungsraum, in die ich bereitwillig getreten war, hatte ihre Einschätzung das Problem perfekt erfaßt. Chris war gut genug um bei jeder anderen Nachwuchsband einzusteigen und mit jeder meine ich sie wirklich alle. Außerdem hatte er, und diese Gefahr wog noch schwerer, die Möglichkeit in die Werbeagentur seines Vaters einzusteigen. Dutzende Male war ihm diese Offerte unterbreitet worden. Mit mehr Glück als irgend etwas anderem hatte Chris unser Talent und den Spaß bisher höher eingestuft als den einfachen Weg des Geldes. Der sich vor ihm erstreckte, vierspurig, ohne Staus, mit haufenweise Raststätten. Zu mehr als einer Teilzeitbeschäftigung hatte er sich nicht überreden lassen. – Bis jetzt. Wobei mit dem Begriff Beschäftigung tatsächlich eine Position mit relativer Freiheit und einem gehörigen Schuß Kreativität gemeint ist. Um so höher war das Kompliment, seine bisherige Wahl, einzuschätzen. Eigentlich, aber wer sah in der Gegenwart schon solch unterschwellige Botschaften? Niemand. Nun schien alles anders. Denn Gerüchten zufolge war er bereits bei seinem Vater eingestiegen und verschwendete von nun an seine Fähigkeiten damit Auftragsarbeiten abzureißen und dem Initiator mit viel Mühe doch ein wenig Freiraum und Mut zu Neuem abzutrotzen. Sicher würde ihn dieser Job früher oder später genauso ankotzen wie die Proben in unseren schlechtesten

Zeiten; doch wie lange würde das dauern? Und was geschah mit uns in der Zwischenzeit?

Als wir, ich meine damit nur Sharin und mich, uns zwei Tage nach der letzten Probe wieder im Übungsraum trafen, war es an der Zeit für eine Bestandsaufnahme, ein Zwischenfazit. Der berühmte Schlußstrich vor dem sich abzeichnenden Neuanfang. Phönix läßt grüßen.

„Wir sind doch eigentlich gut dabei.", meinte Sharin, rauchte eine Gelegenheitszigarette und saß auf dem staubigen Betonboden.

„Was meinst du?" Ich weiß ja auch nicht; doch unter gut dabei hatte ich mir schon immer etwas vollkommen anderes vorgestellt. Gut dabei war für mich gleichbedeutend mit ausverkauften Konzerten, deren Besprechungen – und sei es nur als Short Cuts – in einschlägigen Musikzeitschriften. Und nicht zuletzt dachte ich bei den Worten gut dabei an die Sicherheit von der Musik leben zu können. Und ich meine jetzt nicht, wie es Penner Alfi und Siegfried mit ihrer Klampfe in der Fußgängerzone tun. – Sorry Jungs. Wenn ihr ehrlich seid, werdet ihr diese Träume als recht realitätsnah und gewöhnlich bezeichnen; für Träume zumindest (!) Also versteht ihr auch meine Verwirrung. Daher sagte ich dann auch: „So wie ich das sehe, zählen noch immer Konzerte wie im Limba zu unseren absoluten Highlights."

„Und?", meinte sie auffordernd, schaute mich mit großen Augen an und fuchtelte mit der Kippe in der Luft herum. Irgendwie erinnerte sie mich an Keith Richards. Ihr wißt schon, in diesen *Forty Licks* Interviews in denen er kein gutes Haar an den ehemaligen *Stones* läßt und nur sein verrauchtes Lachen für sie übrig hat.

„Sag mir warum wir hier sind?" Allmählich jagte sie mir Angst ein.

„Wie jetzt...?“

„Sag's mir, sag mir warum du in dieser Band bist!“ Ein kalter Schauer legte sich wie Nebel über meinen Körper. Wenn das wieder ein Spiel, eine Falle oder auch nur irgend etwas in dieser Richtung war, würde ich es ihr nie vergessen. Ganz sicher nicht. Was glaubte sie denn? Am liebsten hätte ich hier und jetzt für Klarheit gesorgt, einfach mal auf mein Herz und nicht diesen abgelenkten, manipulierbaren Verstand gehorcht. Am liebsten hätte ich... Doch dann passierte Zweierlei: Dennis kam plötzlich herein und ich spürte, dass dort irgendwo mehr war. Weit mehr als die Gefühle für Sharin. Und ich glaube in diesem Augenblick war ich zum ersten Mal wirklich erwachsen.

„Ich bin hier, weil es verdammt nochmal einfach geil ist, was wir machen! Ich bin hier, weil ich immer davon geträumt habe einfach ein Instrument in die Hand zu nehmen und dabei zu sein, wenn aus dem Nichts Songs entstehen. Songs, in denen etwas drinsteckt. Es ist ein irres Gefühl dir und Chris zuzusehen, seinen Teil beizutragen und am Ende etwas in den Händen zu halten. Außerdem masturbiere ich nicht mehr so viel, seitdem ich Musik mache; keine Ahnung ob das jetzt ein gutes oder schlechtes Zeichen ist... oh Mann!“

Nach einer solchen Explosion, ich kann mich nicht wirklich erinnern, wann ich das letzte Mal so lange an einem Stück redete, rang ich regelrecht nach Atem. Immerhin hatte ich ohne Punkt und Komma geredet und mich auch nicht von Dennis ablenken lassen. Er stand nun zwischen uns. Mit den Händen in seinen Hosentaschen und einem Grinsen im Gesicht, einem Grinsen als wüßte er einfach alles, als gebe es einzig und allein für ihn keine Geheimnisse und als wäre bei uns nun endlich der

Groschen gefallen, dass wir ihn ständig unterschätzt hatten.

„Schön, dass du hier bist." Sharin war glücklich da bestätigt und ich fühlte mich einfach nur befreit. Wirklich befreit. Ein merkwürdiges Gefühl. Kann ich nur jedem empfehlen mal auszuprobieren. Vielleicht nicht gleich mit so einer Menge, sondern mit klitzekleinen Wahrheiten, wie zum Beispiel: 'Hey, ich bin gar kein so guter Autofahrer. Ich geb's zu. So, jetzt weißt du's '

Mmmmh einfach wunderbar. Nach diesen Eindrücken, die sich im Übungsraum ausbreiteten wie Trockeneis, im Gegensatz dazu aber herrlich feucht nach Kirschen schmeckten, war es unmöglich sich hängen zu lassen. Und eines wurde klar, glasklar: Wir würden alles versuchen Chris zurückzugewinnen, doch für den Fall, dass es uns nicht gelingen sollte, war das Trio *How To Make Soap* schon bereit. Und das war eine atemberaubende Gewißheit. Manchmal ist alles so einfach. – Ich weiß nicht, aber vielleicht fühlten sich *Zwan* während der Aufnahmen zu ihrem Debüt ähnlich, als sie einfach machten und erst danach an Erfolg und Konsequenzen dachten. Vielleicht paßt dieses Gefühl auch noch besser zu *R.E.M.* als '98 Bill Berry ausstieg, alles auf der Kippe war und sie doch weitermachten. Vielleicht... ach ich weiß wirklich nicht. Wir genossen es einfach.

kAPITEL 17

Um diese Erleichterung nicht auf die Vier Wände des Übungsraumes zu beschränken, sie hinauszulassen in eine aufkommende Sommernacht und sich so gut zu fühlen, dass ein verbrecherisch cleverer Geist daraus sofort Kapital geschlagen und als Droge verticKt hätte — nach dem Motto, gründet eine Rock Band, frönt der Frustration und stetiger Streiterei, treibt euch gegenseitig an, werdet gut, bekommt haufenweise Absagen, streitet euch nochmal, gebt Konzerte vor fünf Leuten, streitet euch nochmal, verliert ein wichtiges Bandmitglied und – Gott sei dank hab ich diesen Satz nie ausgesprochen – findet zu euch selbst (!) — taten wir etwas, das wir schon lange nicht mehr versucht hatten. Durchatmen und gleich danach mit Dennis' Geschoß ins zwanzig Kilometer entfernte Donaueschingen fahren. Dort im Industriegebiet gibt es das Delta. Ein altehrwürdiger, überregional bekannter Tanz-Schuppen. Ehemals Quell- und Rückzugsgebiet für eine ganz besondere Szene, verwässerte sich das Ganze leider über die Jahre. Naja, womöglich waren auch wir irgendwann nicht mehr dieselben. Wie auch immer, an diesem Abend hatten wir einfach Lust auf unsere ganz spezielle Nostalgie.

Als erfreuliche beibehaltene Tradition stelle sich der freie Eintritt vor 22.00 Uhr heraus. Den wir gerade noch wahrnehmen konnten. Natürlich war nicht viel los um diese Zeit, aber da wir an stylischem Herumstehen oder coolem mitten über die Tanzfläche gehen, kein allzu großes Interesse zeigten, war's uns ziemlich egal. Allein der Moment da wir durch die Doppeltür, vorbei an dem verwaisten Plätzchen für die Hereinlasser und Herausbringer kamen, war tierisch. Das reinste Zeittor, zurück in diesem dunklen, mit Teerfarbe bestrichenen Laden. Naja, ich sollte nicht übertreiben. Seit unserem letzten Besuch sind jetzt auch keine fünf Jahre verstrichen. Aber trotzdem war's etwas Besonderes. Auf alte Bekannte wagten wir wegen der Zeit noch nicht zu hoffen, also gönnten wir uns einfach mal eine Nase voll Delta.

„Hey, was'n das?", meinte Dennis und schwang sich schon auf die roten Ledersessel ehe ich die Teile überhaupt bemerkt hatte. Sonst schien sich aber nicht allzu viel verändert zu haben. Weder hier im Café mit den vielen runden Tischen, der Bar und der samtigroten couchähnlichen Deckenverkleidung darüber; noch drüben an der Tanzfläche mit den Stufen und Absätzen am Rande, der langen Theke auf der linken Seite oder der fahrerhaushaften Dj Kanzel. Zum Glück gab's dort auch noch die riesige Blechtüte, die aus der Wand kommend, an ein überdimensioniertes Grammophon erinnerte. So weit so gut, dachte ich und wollte irgendwie gar nicht wahrhaben, dass sie am Erscheinungsbild kaum etwas verändert hatten. Immerhin stand auch hier die Zeit nicht still und der Gedanke an Themennächte verängstigte mich. Trotzdem, es lag zweifellos an der Stimmung, - dieser internen Party nur zwischen uns dreien, brachte mich nicht aus der Ruhe. Und als dann die Musik als das aktuelle *Audioslave* Album identifiziert wurde, war's einfach eines: schön.
Nach diesem ersten Rundgang zog's uns in alter Gewohnheit wieder zurück ins Café. Sicher waren hier die Plätze ebenso begehrt wie eh und je.
„Ich hol mir was zu trinken, wollt ihr auch was?", fragte Dennis und blickte sich bereits um, wer heute hinter der Theke stand. Nach und nach strömten noch die letzten entgeltfrei herein, taten es uns gleich und hockten sich ins Café. Bei einem kurzen Schwenk über ihre Köpfe und Gesichter war ich doch sehr beruhigt, dass sich das Alter zumindest hier nicht noch weiter verjüngt hatte.
„Erik, hey... willst du nun was?"
Ach ja, Dennis hatte ich vollkommen vergessen.
„Sorry... 'n Kaffee.", sagte ich rasch und kramte in meinem Geldbeutel.

„Laß mal stecken, ist doch schließlich 'ne Feier.", meinte er, zog sich die Hose hoch und ging. Ich legte mir die Hände auf die Schenkel, blickte mich nochmal um und dann lächelnd zu Sharin.

„Weshalb sind wir nochmal nicht mehr hergekommen?" Sicher wußte ich noch, dass mich an manchen Abenden wirklich alles genervt hatte. Musik, Stimmung, Publikum – schlicht alles. Doch in diesem Moment schien das so abwegig wie nur irgendwas.

„Ist toll mal wieder hier zu sein. – Irgendwie fühlt man sich immer noch so als würde man zum Inventar gehören. Alle sind fremd, irgendwelche Gäste eben, nur wir und ein paar Gesichter nicht." Sharin hatte recht. Genauso fühlte es sich an. Apropos bekannte Gesichter.

„Glaubst du Nina und Vera arbeiten heute?"

„Keine Ahnung, aber dauert sicher noch eine Weile bis sie kommen. Ist ja noch nicht so viel los.", sagte Sharin ein wenig abwesend während sie sich umblickte. Es wurde nun rasch voller und womöglich erkannte sie ja gleich auf Anhieb jemand. Als sich dann wenig später ihr Gesicht erhellte, hätte ich gerne geglaubt es wäre wegen mir gewesen. War's aber nicht. Aber sei's drum, ich schaute mich um und sah, wem sie kurz zugewunken hatte. Allerdings konnte ich nicht viel damit anfangen. Ein jung aussehendes Pärchen, das zu uns herüberschaute.

„Auch mal wieder hier?", fragte das Mädchen. Vielleicht kannte ich sie vom Sehen, aber um sie irgendwie einzuordnen, oder gar einen Namen zu finden, war es wohl schon zu lange her. Doch das änderte keinesfalls etwas daran, dass sie schnuckelig aussah. Womöglich waren es ja nur Bruder und Schwester, wägte ich im Stillen in Anbetracht der nicht zu übersehenden Ähnlichkeit ab. Sharin nickte und lächelte breit. Eigentlich wunderte es mich, dass sie nicht gleich hinübergegangen war.

„Stör ich?“

„Wieso?“

„Ach, nur so.“

Einen Moment darauf bahnte sich Dennis seinen Weg durch das Gedränge. Vorbei an Jeans und Leder, - Anzug und alten Sportjacken. Tolle Mischung und Balsam für die geschundene Delta-Gänger-Seele. Ach ja... Nebenbei bemerkt ist es immer wieder überraschend, wie schnell es geht und das Delta brechend voll ist. Als würde irgendwo eine Schleuse geöffnet um die Horden auf einen Schlag hineinzulassen.

„Hey, Vera ist hier!“, verkündete Dennis mit leuchtenden Augen. Man hätte meinen können es sei Weihnachten und er sieben Jahre alt. „Sie hat mich sofort erkannt.“

„Bist eben ein lieber und die vergißt man nicht so schnell.“, schmunzelte Sharin und nahm ihm das Flaschenbier ab. Ich bekam meinen Kaffee. Hab ich schon erwähnt, dass neben Bier der Bohnentrank mein absolutes Lieblingsgetränk ist? Und in einer solchen Umgebung ist Kaffee einfach unschlagbar. Ich liebe es, den Duft zu schnuppern, die herbe Hitze am Gaumen zu spüren und dabei die Leute zu beobachten. Sicher ist's hin und wieder ein Trugschluß, doch wenn ich meinen Blick schweifen lasse, hoffe ich immer die versammelte Kreativität zu sehen. Einen Kreis der Auserwählten, in dem man sich wohl fühlt, ein stückweit wieder findet und die Irrfahrt des täglichen Lebens beenden, oder zumindest ruhen lassen kann. Und das ist auch der einzige Grund, warum wir damals nicht mehr kamen, - wir hatten diesen Eindruck, jenes wundervolle Gefühl verloren. – Jetzt, in diesem Moment, war es wieder da.

Zwei Stunden später hatten wir unseren Platz im Café aufgegeben und durch einen an der Tanzfläche eingetauscht. Die Leute drängten sich inzwischen an der Theke und um die wenigen hohen Tische, doch war in der Mitte noch reichlich Platz für all diejenigen, die es nach Bewegung dürstete. Und das waren nicht wenige. Allen voran der Typ / Bruder des schnuckeligen Mädchens aus dem Café. Zeitweise war er ganz alleine auf der Tanzfläche.

„Sieht doch total schwul aus.", sagte ich in einem solchen Moment zu Dennis. Wir standen nahe an der Dj-Kanzel und tranken mit bereits glänzenden Augen unsere Bierchen. Bevor mich jetzt jeder für so einen Kerl hält, ich zog Sharin mit solchen Bemerkungen immer wieder auf. Natürlich kannte ich Michi gut genug um zu wissen, dass er auf Männer stand. Naja, zweifelhafter Humor werdet ihr sagen und damit wohl auch recht behalten. Sei's drum. Sharin nahm es mir zumindest selten übel.

„Von wegen." Hörte ich sie neben uns sitzend sagen. Es hatte also geklappt. „Du wünschst dir doch, du könntest so tanzen.", sagte sie und ihre Augen funkelten mich durch die Dunkelheit an.

„Genau!", fiel mir Dennis von links knallhart in den Rücken. „... außerdem ist's geile Musik!"
Ich lächelte nur, nahm einen Schluck und blickte wieder auf den exotisch zuckenden Kerl.

„Im übrigen ist es der Freund von Vera' Schwester."

„Was...?"

„Ja!", versicherte Sharin.

„Das im Café war Vera' Schwester?" Ich weiß nicht genau weshalb, doch ich war von den Socken.

„Ja."

„Aber die sieht so brav aus." Ein eilig genommener Schluck war nötig um mich zu überzeugen.

„Tja... dabei fällt mir ein, ich hab noch gar nicht hallo gesagt.", meinte sie und war sofort zwischen irgendwelchen Leuten verschwunden. Sie trug heute eine schwarze Jeans und ein leichtes Oberteil mit dünnen Trägern. Doch von diesem bekam ich in der Folge so gut wie nichts mehr zu sehen. Ich merkte wie mein Kopf sonderbar schwer nach rechts herüberschwenkte um ihrem Weg zu folgen. - Zwecklos. Ich blinzelte. Wieviel hatte ich bisher getrunken? Erst als sich Sharin über die Theke beugte um Vera auf sich aufmerksam zu machen, hatten sie meine angetrunkenen Augen wieder ausgemacht.

„Hey Vera."

„Sharin!"

Und es gab eine Begrüßungsumarmung wobei sich Sharin soweit vorbeugte, dass ihre Unterwäsche ein wenig zum Vorschein kam. – Ich schaute nicht weg, zunächst. Gleich darauf, sprich nach der Umarmung, suchte ich verbissen das Rund des Raumes nach anderen Spannern ab.

„Ich hab vorhin schon Dennis gesehen. Der hat sich richtig gefreut als ich ihn erkannt hab. – Wie geht's Dir?" Sicher war's ziemlich laut und eng bei den Beiden.

„Sind grad' ein wenig gestreßt, aber es wird schon." In diesem Moment bestimmt keine Lüge.

„Tina und Olli sind übrigens auch hier."

„Ja, hab die Beiden im Café gesehen. Erik war ganz entsetzt, dass Tina deine Schwester ist."

„Was...?", wollte Vera wissen und funkelte mit den Augen. Eine Mischung aus Lächeln und löwendamenartiger Bereitschaft Schwesterchen gegen alles und jeden zu verteidigen. Doch Sharin beruhigte sie mit einem breiten Grinsen.

„Ja... er sagt, sie sehe so brav aus. Und Olli tanzt schwul."

„Sag mal, wieviel hatt’n der schon getrunken, das der so über meine Lieben herzieht? Außerdem heißt das nicht schwul, allerhöchstens volle Kanne Bush.“, meinte Vera und verdrehte lächelnd die Augen.

„Wie...?“

„Ach, ist so’n Spaß mit dem er und Harry nerven.“ Sharin blieb noch eine ganze Weile bei Vera wobei sie die arme Frau vermutlich um einen ganzen Sack Trinkgeld brachte. Naja, hin und wieder schwenkte Vera schon noch in Richtung Kühlschrank. Doch bei weitem nicht so häufig wie zuvor.

„Kommt Harry auch noch?“

Vera schüttelte den Kopf und brachte jemandem rasch ein Bier: „Nee. Er mußte heute wieder arbeiten und ist bei Zeiten verschlafen.“

„Oh, armer Kerl. Grüßt du ihn von mir?“

„Mach ich.“

„Ich werd dann mal wieder, bevor sich die anderen noch vollends die Kante geben. Bis später.“

Von Kante geben konnte niemals die Rede sein. Ich saß zwar sicherheitshalber bereits auf dem Boden, das ist im Delta aber durchaus normal. Doch immerhin hatte ich mich auch zu Schwuli... emm Olli und den anderen auf die Tanzfläche gewagt. Wenn auch nur kurz. Nun mußte ich meine Kehle wegen dem doofen Trockennebel mit einem kühlen Bierchen besänftigen.

„Na du, alles o.k.?“

„Sowieso.“, sagte ich und bekam gerade noch mit wie Sharin, irgend jemanden auslachend, zu Dennis an den hohen Tisch gleich links von mir ging.

Irgendwann so gegen drei zog mich ein dringendes Bedürfnis, schwupps, einfach so aus dem Gespräch mit einem... emm, jemandem... Auf alle Fälle mußte ich auf die Toilette. Was natürlich eine halbe Ewigkeit dauerte. Zum einen mußte ich mich in meinem Zustand erstmal an der wabernden, immer mal wieder pogenden Menge auf der Tanzfläche vorbeizwängen und dann war da noch eine riesen Schlange, dass ich dachte ich werd' gleich ohnmächtig. Allerdings stellte sich das bei genauerer Betrachtung als überlanger Strohhalm heraus, den irgend so ein Knallkopp ins Pinkelbecken hatte fallen lassen und dann auch noch vergessen hatte. Armes Ding, ich ließ es laufen.

Als ich erfrischt und erleichtert wieder nach draußen kam, hatte das Gedränge merklich nachgelassen und Sharin war ganz verwundert als sie mich plötzlich wiederfand.

„Hey, wo warst du bloß? Ich dachte schon es wäre sonstwas passiert!", schimpfte sie.

„Ich? – Ich war auf'm Klo. – Wieso?"

„Zwei Stunden?"

„Was...?"

Vielleicht hätte sie sich unter anderen Umständen die Mühe gemacht es mir zu erklären. Im Moment allerdings schien ihr die Vorstellung, wie ich zwei Stunden vor einem Pissbecken stehend auf eine Strohhalm-Schlange starre und mich lauter Männer verwirrt begaffen, mehr Freude zu bereiten. Sie lachte erst ungläubig und dann lauthals, als hätte man ihr Drogen gegeben. Solange bis ihr die Tränen in die Augen stiegen.

„Wieviel hast du getrunken?"

„Weiß nich..."

„Besser ich paß mal etwas auf dich auf."

Und wie einen kleinen Jungen nahm sie mich an der Hand und führte mich an der Tanzfläche vorbei zum Tisch. Ich muß zugeben, dass ich mich für den Rest der Nacht nicht wirklich gut fühlte. Und außerdem war Dennis auch noch verschwunden. Ich konnte also keinem gefahrlos von meinem Erlebnis berichten. – Der hatte doch nicht etwa ein Mädel in die dunklen Weiten des Transit verschleppt? – So nach der perfekten Anmache: 'Hey du, soll ich dir mal meinen Radkasten zeigen?' Verwirrende Gedanken eines Betrunkenen der lauter Musik ausgesetzt ist. Um mich zu beruhigen und nicht ans Kotzen denken zu müssen, versuchte ich mich auf meine Atmung zu konzentrieren, saß mit ausgestreckten Beinen und gesenkten Kopf auf dem letzten Absatz vor der Tanzfläche. Irgendwie kümmerte sich Sharin rührend um mich. Ich kann mich nur nicht mehr erinnern. Nein, kleiner Scherz. Sie brachte mir ein Glas kühles Wasser und fungierte als Warndreieck damit niemand auf mich drauftrat. Rührend. Aber irgendwie schwinden die Einzelheiten. Das Meiste weiß ich aus einer späteren Erzählung.

Schließlich, kurz vor Schluß, lichteten sich die Reihen immer schneller. Mir ging es in soweit besser, als dass ich es mitbekam und auch merkte, wie sich Sharin noch etwas mit Vera und Nina, die die ganze Zeit über zwischen Café und Theke hin und hergesprungen war, sprach. Ich saß weiterhin auf dem Absatz und merkte kaum, dass sich die drei Damen gemeiner Weise über mich lustig machten.

„Komm Erik, wir sollten langsam...“

„Schon nach Hause? – Ach was, ich bin topfit.“

„Na na... Wir sind schon die letzten.“

„Na gut. Oh, hey, Dennis. Wo warst du? Wir haben uns solche Sorgen gemacht.“, lachte ich mit verkniffenen Augen und schräger Miene.

„Ja sicher, vor allem du.“ Er grinste und half Sharin mich aufrecht zu halten. „Ich hab mich ’ne ganze Weile mit Olli unterhalten.“

„Mit wem?“

„Olli, Tina‘ Freund.“

„Wer ist Tina?“

„Vera‘ Schwester.“

„Achso. – Also Schwuli.“

„Wie?“, frage Dennis.

„Volle Kanne Bush, das heißt jetzt volle Kanne Bush Erik.“, erklärte Sharin und half Dennis mich hinter die zweite Sitzbank zu legen. Wie einen alten Kartoffelsack.

kAPITEL 18

Es war eine fiese Idee, eine die Freundschaften zerbrechen und Länder entzweien kann. Wobei das mit den Ländern ist übertrieben, da reicht viel weniger. Na jedenfalls hatte ich gar keine andere Wahl. Warum hatte ich mich auch am Tag zuvor so gehen lassen müssen. Nun hatte ich den Salat: Sharin gemeinsam mit Dennis vor meiner Tür und einen gefühlten zwei Zentner Brocken von einem Kater am Hinterkopf. In meiner Vorstellung war er irgendwie weiß... Jede Bewegung war eine Qual und ließ mein Haupt wie ein Stehaufmännchen gefährlich hin und her pendeln. Es war absolut ekelig. Und ich gönne sowas wirklich keinem. Andererseits, aber was heißt hier andererseits, wäre es eine phänomenal gute Gelegenheit gewesen um einen Anti-Alk-Spot zu drehen.

„Was habt ihr nochmal vor?“, fragte ich und kratzte mich über dem Ohr. Ich hatte so gut wie nichts verstanden und die zwei, die natürlich keine Kopfschmerzen hatten, noch nicht hereingebeten.

„Wir bringen die Band wieder zusammen.“, sagte Dennis und machte ein Gesicht von dem er zu glauben schien, dass es mich sofort zu allem mitreißen würde. Dabei konnte ich nur auf seine Zähne schauen. Was mich sofort an Nahrung erinnerte. Und das war nicht gut. Mein Magen hob sich, mir wurde schlecht.

„Oh... oh. Ihm scheint's ja ziemlich schlecht zu gehen.", meinte er eiskalt analysierend und beobachtete, wie ich mich sicherheitshalber ins Bad bugsierte. Ach ja, nur so am Rande, den Satz mit dem unterschätzen, ich meine Dennis hier, könnt ihr vorerst streichen.

„Ach was, der spielt doch nur.", hörte ich Sharin gekünstelt lästern. Auch wenn ich nicht kotzen mußte, war das natürlich eine gemeine und völlig falsche Unterstellung.

„Beeil dich ein bißchen. Sonst erwischen wir ihn nicht mehr vor der Mittagspause.", rief sie und trat mit den Händen in den Hosentaschen auf der Stelle. Klasse, noch eine Essens-Assoziation, da kann's mir ja nur besser gehen.

Zehn Minuten und massig eiskaltes Wasser später hatte ich mich angezogen und war allen Ernstes bereit mitzukommen. – Der beste Beweis, dass ich noch mächtig Restalkohol intus hatte. Aber die frische Luft tat wirklich gut. Wolken zogen dunkel und durch den Wind zu zerschlissenen Fetzen geworden am Himmel hinweg. Auch wenn sich kein Regen ankündigte, wirkte alles sehr herbstlich. Menschen waren bis auf uns nicht allzu viele unterwegs und wenn, dann beeilten sie sich gerade das zu ändern. Unserer Allwettergarderobe, bestehend aus Lederjacken und Bundeswehrparkern konnte der kleine Schlechtwettereinbruch nichts anhaben. Wobei es mir ohnehin nicht windig genug sein konnte. Ich genoß wie die Kühle durch meine Haare fuhr und sich auf meine Kopfhaut legte; wie meine Ohren dabei kalt wurden und sich jeder Gedanke an meinen Kater selbst ausblendete. Die Hände in den Taschen vergraben, spürten wir den Wind im Rücken und wie er uns vorantrieb. Sharin führte uns. Ich selbst hätte wohl selbst im nüchternen Zustand Schwierigkeiten gehabt einen geradlinigen Weg zum Werbebüro zu finden. Jetzt war ich richtiggehend hilflos.

„Ist es noch weit?"

„Nein, nicht mehr sehr weit."

„Hoffentlich.", meinte ich und zog die Nase hoch. Dennis ging grinsend vor uns. Soweit ich wußte lag das Büro des Vaters irgendwo in der Südstadt. Das ist ein altes Viertel Villingens mit einer Ansammlung kleiner und kleinster Straßen, das reich ist an einstöckigen Häuschen mit etwas Grün drumherum. Ich stell mir vor, dass es sich hier ganz gut leben ließe. Aber ich fürchte mich zugegebenermaßen vor einem allzu großen Bedürfnis nach Ruhe und Frieden. Jedenfalls ist es größtenteils ein reines Wohngebiet und die Straßen sind so verwirrend gelegt, dass ich mich hoffentlich nicht zu schämen brauche, sollte ich Chris' neuen und bei gutem Verlauf bald auch wieder alten Vollzeitarbeitsplatz nicht finden.

„Klopf doch einfach mal.", schlug Dennis kurzerhand vor als wir bereits ein, zwei Minuten vor dem schaufensterartigen Eingangsbereich der Agentur gestanden hatten und Chris uns noch immer nicht bemerkte. Beeinflußbar wie ich war, außerdem wurde mir mittlerweile kalt um die Füße, folgte ich dem Vorschlag. Womöglich eine Kleinigkeit zu fest, denn mit einem Mal wandte sich alles und jeder zu mir um und eine Mischung aus Argwohn und blanken Mißverständnis für soviel Proletentum brandete mir aus dreizehn Augenpaaren entgegen. Naja, womöglich hätte ich auch das mit dem Winken und Grinsen lassen sollen. Jedenfalls hatte ich Erfolg. Mit großen Schritten kam Chris herbeigestürmt und zog mich vom Schaufenster weg.

„Was soll denn das? – Was macht ihr hier?" Seine
Stimme verriet schlechte Laune und war das pure
Mißtrauen. Ungewöhnlich, er hätte uns besser
kennen sollen.

„Wir bringen die Band wieder zusammen!",
verkündete Dennis und mußte sich dabei merklich
anstrengen nicht laut drauflos zu schreien. Sicher
wartete er sein halbes Leben schon auf einen
Moment zu dem er das *Blues Brothers* Plagiat
vorbringen konnte. Allerdings teilte Chris unsere
Begeisterung überhaupt nicht.

„Zusammenbringen? – Welche Band?"
Bitte? Hatten wir gerade richtig gehört?

„Sag mal, haben die dir da drinnen irgendwelche
Drogen verabreicht?", blaffte Sharin. Sie hatte die
Überzeugungsaktion vollkommen anders angehen
wollen. Doch dass sie nun solchen Stuß von Chris
hörte änderte alles.

„Nein, natürlich nicht!" Er wurde nun richtig
sauer. „Macht schnell, hier draußen ist es verdammt
kalt!"

„Keine Zeit um fünf Minuten mit Freunden zu
sprechen?", wollte Dennis wissen und nicht nur
seine Freude war verschwunden. Selbst mir fiel auf,
dass wir hier und heute nichts erreichen würden. Es
sei denn einen schlechten Eindruck zu hinterlassen,
der Chris im Anschluß irgendeine Entschuldigung
für seine verwirrten Freunde abrang. Und da wollte
ich aus reinem Selbstschutz nicht dabei sein. So
einfach, ich hörte die Stimme ganz deutlich tief aus
meinem Inneren, wollte ich unseren Chefgitarristen
aber nicht davonkommen lassen.

„Also, um es auf den Punkt zu bringen, bist du
noch dabei oder nicht? Und für den Fall, dass du
abhaust, sei wenigstens so fair es uns mitzuteilen,
damit wir uns nach Ersatz umschauen können!"

„Was soll das heißen?"

„Hey, hallo, genau das was wir gesagt haben. Hast du noch Lust oder nicht? Immerhin hört man seit Tagen nichts von dir. Offensichtlich hast du 'ne andere Beschäftigung gefunden!", meinte Sharin. Ihr Blick zeugte davon, dass es keinen Spaß machte solche Gespräch zu führen, aber auch, dass sie nicht davor zurückschreckte.

„Wir machen jedenfalls weiter, egal ob du uns im Stich läßt oder nicht."

„Dennis..." Sharin hatte keine Lust auf Anschuldigungen.

„Ist doch wahr. Schließlich sind wir keine Schülerband mehr. Nach allem, was wir aus uns rausgeholt haben, wär's doch eine verdammte Schande, wenn er alles hinschmeißt!"
Endlich sagte mal jemand die Wahrheit. Andererseits war es für Chris sicher keine einfache Situation. Ich meine, auch wenn Sharin versuchte ruhig darüber zu sprechen und nicht allzu aggressiv zu sein, machten wir ihm doch zu dritt Vorhaltungen.

„Jetzt sag doch was.", bat Sharin und blickte ihn lange an. „Überleg's dir wenigstens nochmal, wir brauchen dich."
Ich hätte gedacht, dass er sich so bockig gab um genau diesen Satz zu hören, sich bitten zu lassen und ein wenig Respekt zu spüren. Doch es war anders, ich lag falsch und dachte wohl in zu simplen Zügen.

„Gut,", begann er dann nach einer halben Ewigkeit. „... ich werde es mir durch den Kopf gehen lassen. – Kann ich jetzt wieder arbeiten gehen?"

„Sicher." Sharin schnaufte und strich sich über die Brauen.

„Bis dann."
Alles war schief gelaufen. Chris wieder zurück im Büro und wir frustriert hier draußen. Als es auch

noch anfing zu regnen, paßte das irgendwie ins Bild. Von dem neuen Geist der Entspannung vom Vortag, war nicht mehr viel zu spüren.

„Laßt uns spielen gehen.", meinte Dennis, der noch am wenigsten bereit war sich in ein erneutes Stimmungstief reißen zu lassen. Und wir anderen? Ich glaube es zählt zu den schwersten Übungen überhaupt das große Ziel nicht durch das stetige Nagen seelischer Attacken aus den Augen zu verlieren. Was das heißt? – Wo ist Sharin, wenn man sie braucht? Denn um ehrlich zu sein, sind die meisten Weisheiten, die ich hier zum Besten gebe, von ihr geklaut. Kann sein, dass ich da etwas durcheinander gebracht habe. Aber ernsthaft, solche Gedanken sind für mich oft ein verwirrendes Dilemma und ich weiß nicht wie ich damit umgehen soll. Mein Problem? Wenn ich sage, dass man sich nicht ablenken lassen soll, komm ich mir selbst kühl und emotionslos vor, also absolut unfähig Musik zu machen. Wenn ich aber alles an mich heranlasse, taste ich mich von einer verzweifelten Situation in die nächste. Wie sieht es da nur bei Sharin aus, wenn sie sich in ruhigen Momenten auf verworrenen Wegen, im dichten Geflecht ihres Geistes auf die Suche nach Antworten und neuen Fragen begibt?
Ich kann's mir gar nicht vorstellen und oft mach es mich regelrecht traurig, dass wir diese Eindrücke einfach nicht teilen können. Allenfalls im Ansatz, sobald wir unsere Instrumente in den Händen halten und ich sie beim Singen beobachte. Es macht mich stolz, mir einige Dinge einzugestehen, sie nicht länger vor mir her zu tragen. Ich glaube, der Grund weshalb ich bei Chris allzu oft auf die negativen Seiten schaue, ist nicht oberflächliche Eifersucht. So einfach ist es nicht. Schließlich hatten die Beiden nie etwas miteinander. Und ich bin ziemlich sicher, dass auch in Zukunft nichts laufen wird. Dabei sieht

Chris nicht schlecht aus. Ganz sicher nicht. Eher im Gegenteil. Trotzdem ist er nicht Sharin' Typ. Wenn es nicht die körperliche Zuneigung ist, worauf schaue ich dann, was ist es, das mich immer wieder im Stillen hadern läßt? Ich glaube es ist schlicht Neid. Neid auf die Nähe der Gedanken von Sharin und Chris. Und wißt ihr was, an dem Abend da ich zum ersten Mal auf diese Idee kam, fühlte ich mich wunderbar. – Merkwürdig.

An diesem Abend therapierten wir uns selbst. Das was wir uns zuvor immer unbewußt von der Musik erhofft hatten, die Ablenkung und Bewältigung, den Spaß, wenn man eigentlich keine Freude haben möchte oder darf, suchten wir nun gezielt und bewußt. Und entgegen aller Befürchtungen funktionierte es.

„Wenn ich dich mit dem Rhythmus von *Plateau* durcheinander gebracht habe, sing es einfach mal wie's in deinen Ohren richtig klingt."
Wir saßen alle dicht um das Schlagzeug herum und versuchten uns noch immer am ersten, einzig und allein von mir gesungenen Stück. Fertige Melodien gab es keine und ich hatte Probleme den Text mit Sharin' Vorstellungen in Einklang zu bringen. Also versuchten wir es anders. Ich sang einfach, natürlich zurückhaltend und viel zu leise, während Sharin nebenher einige Basslinien ausprobierte und Dennis auch verhalten experimentierte. Er hatte erst heute von der Idee um den neuen Song erfahren und war sofort begeistert gewesen. Er sagte es würde uns mehr Breite geben und sich positiv auf unser gesamtes Songwriting auswirken. Außerdem ließen sich damit live einige Überraschungen realisieren. An dieser Stelle kann ich nicht anders als zu

erwähnen, dass es wohl eine Musikerkrankheit sein muß, den Drummer immer zu unterschätzen. Teilweise ja auch gerade innerhalb der eigenen Band. Naja, dank Steward Copeland und Dennis Flaig wird das hoffentlich mal anders sein.

Als ich schließlich begann mich voll und ganz auf den Gesang zu konzentrieren und nicht versuchte Chris' Rolle auszufüllen und nebenher zu überlegen was man mit der Gitarre machen könnte, fanden wir recht schnell zu einer Art Song Grundgerüst. Da wir das Stück weiterhin zerbrechlich und klagend haben wollten, hielt Sharin den Bass eher gedämpft und leise, paßte sich gemeinsam mit Dennis' gefühlvollem Spiel meinen Pausen an.

kAPITEL 19

Es heißt immer, die Fähigkeit sich in andere Menschen zu versetzen, wäre ein wichtiger Baustein um überhaupt jemandem Verständnis entgegen zu bringen. Doch bei Sharin wäre der Versuch vermutlich kläglich gescheitert, selbst wenn wir eine Ahnung von den Wirren in ihrem Kopf gehabt hätten. Dabei mache ich mir dieses Mal keinen Vorwurf, zu unsensibel gewesen zu sein und von ihren Problemen nichts geahnt zu haben. Denn man merkte schlichtweg nichts. Jetzt, im Nachhinein, glaub ich ganz fest, dass sie es auch nicht wollte. Nicht zu diesem Zeitpunkt. Ich bin mir sicher der Trubel um die Band, ja selbst der Ärger mit Chris, war genau das, wonach sie suchte. Etwas, das sie schon allein wegen der Intensität von den Sorgen ablenkte. Denn beeinflussen konnte sie die ohnehin nicht. Das war klar. Und so tauchte sie jedesmal sobald sie mit uns zusammenkam in eine andere, keinesfalls heile, aber doch gestaltbare Welt ein;

72

konnte sich voll und ganz darauf konzentrieren. Wenn man uns Böses will, ich meine Dennis und mir, könnte man wohl behaupten wir hätten es uns leicht gemacht und nicht auch noch ihre zu unseren bereits bestehenden Problemen haben wollen. Aber es stimmt einfach nicht und wir wissen das alle.

Als Tage vergangen waren und man zu Hause bei Ludwos nichts mehr von den Ermittlungen der Polizei hörte, schlich sich ganz entgegen der Erwartung ein ungutes Gefühl ein. Die Frage, merken Verdächtige etwas davon, wenn um sie herum geforscht und ermittelt wird, befiel jeden. Bei Michi selbst war dieser Eindruck so stark, dass er seine Nervosität nicht mehr verbergen konnte. Die latente Gefahr einer Anklage, ließ ihn fast verzweifeln und hilfesuchend sprach er spät abends mit Sharin darüber.

„Ich hab kein gutes Gefühl.", haspelte er und lief mit aneinanderreibenden Händen durch sein Zimmer.

„Weshalb?" Sharin saß auf dem Bett und versuchte Ruhe zu verbreiten. – Hoffnungslos.

„Hast du etwa keine Angst?" Michi' Augen waren weit geöffnet. Schienen sich auf alles und jeden zu konzentrieren und nicht für länger als einen Wimpernschlag anzusehen. Es war zuviel der Aufregung.

„Nochmal. – Er hat ganz sicher noch gelebt als wir ihn nach draußen brachten.", meinte Sharin mit geöffneten Händen. Es war ein Unglück, dass Tim sie selbst noch tot in Angst und Zweifel versetzte.

„Bist du Arzt?", fauchte Michi und dämpfte dann seine Stimme um die Eltern nicht zu wecken. „Ich meine, hast du eine Ahnung von inneren Verletzungen, Gehirnblutungen und so? Wer, wer weiß, vielleicht ist er zu sich gekommen, umhergeirrt und erst dann gestorben. – Dann wär's aber noch immer Totschlag!"

„Ja, - für mich und nicht für dich! Was regst du dich also so auf?", fragte sie endgültig gereizt.

„Ach Sharin...", weinte Michi und stürzte sich in die Arme seiner Schwester. Schluchzend zitterte er am ganzen Körper, saß dann auf dem Boden vor dem Bett und ließ sich durchs Haar streichen.

„Wir sollten einfach mit allem rausrücken. – Ich bin mir ganz sicher, dass es so am Besten wäre."

„Meinst du wirklich?"

„Ja, ich - ich weiß auch nicht. – Aber eigentlich haben wir doch keine andere Wahl. Irgendwie spür' ich, dass alles ganz schnell vorbei sein könnte, wenn wir nur mutig genug sind und mit der Wahrheit rausrücken.."

Michi hatte die Tränen mittlerweile wieder zurückgedrängt, rieb sich die Nase und setzte sich neben Sharin auf das Bett.

„Zeig mal die Visitenkarte."

Er gab sie ihr und Sharin drehte das kleine Stück Karton zwischen ihren schlanken Fingern. Es war schon merkwürdig, die Angst war mächtig und doch, ließ sie ihr Gefühl für Recht und Gerechtigkeit, all das, einfach glauben, dass die Polizei die Wahrheit erkennen würde. Es war ein zartes Pflänzchen, dieses Vertrauen, doch Sharin versuchte es zu stärken indem sie Dinge des täglichen Lebens, mit denen die Polizisten als Menschen schließlich auch zu tun haben mußten, vor ihr geistiges Auge rief. Dinge wie einen Beziehungsstreit, da der Mann trotz tagelangem Nachtdienst, das Wochenende lieber mit Freunden in einem Fußballstadion verbrachte als zu Hause; Kleinigkeiten wie der Ärger über das schlechte Fernsehprogramm, vollgestopft mit belanglosen Seifenopern oder lächerlichen Quizshows. Doch am aller wirkungsvollsten war ein einziges Bild. Jenes eines Kellners der seine Gäste minutenlang konsequent ignoriert und schließlich doch bedient. Nicht, dass der Polizist, der Mensch, sich daraufhin beschweren oder gar das Restaurant verlassen würde, nein, man ist einfach nur erleichtert abgefertigt zu werden.

„Gut. Sollen wir morgen gleich hingehen?"
Michi wirkte erleichtert und versuchte wieder durch die Nase zu atmen. Sharin war toll, einfach toll.

Am nächsten Morgen waren alle früh auf den Beinen. Nichts Außergewöhnliches. Dennoch atmeten die Beiden auf, nachdem zunächst Friedrich als Pendler in Richtung Stuttgart und Melissa wenig später in die Stadt aufbrachen. Gemeinsam saßen sie beim Frühstück und hingen ihren bedrückenden Gedanken nach.

„Hast du schon angerufen?", wollte Sharin wissen.
„Angerufen? Wo?"
„Na bei der Polizei?"
„Achso, nein, nein – noch nicht."
„Mach's bitte, ein zweites Mal trauen wir uns bestimmt nicht und die werden auch was zu tun haben."
Überraschend widerstandslos ging Michi zum Telefon und wählte mit feuchten Fingern die Nummer auf der Karte. Er ließ es klingeln – lange und länger. Gerade als er es halb erleichtert halb verärgert, sein lassen und auflegen wollte, nahm ein Mann der sicher gerannt war, endlich ab. Nach der Begrüßungsformel versuchte Michi mit Kommissar Köppers verbunden zu werden.

„Einen Augenblick bitte."
Wieder mußte der Anrufer warten. Michi blickte zurück in die Küche und sah, dass Sharin ihn anlächelte.

„Köppers."

„Ja, guten Tag – hier ist Michael Ludow. Sie waren vor kurzem bei uns.", sagte er wobei seine Stimme nach einem Räuspern verlangte.

„Guten Tag Herr Ludow." Köppers ließ eine lange Pause, gespannt darauf was Michi zu sagen hatte. Dabei war es ein einseitiges Spiel. Schließlich hatte Köppers Informationen die Michi unmöglich wissen konnte.

„Ja, emm. Sie sagten, wenn mir noch etwas einfiele, solle ich mich melden."

„Und ihnen ist etwas eingefallen?"

„Ja, mir und meiner Schwester."

„Schön. Am besten sie kommen beide gleich zu mir. – Sie wissen wo sie mich finden?"

„Ja."

„Gut, dann bis gleich."

Michi legte auf und ging zurück zu Sharin.

„Jetzt gleich?"

„Ja."

„Also gut, bringen wir es hinter uns. Komm."

Eine halbe Stunde später stellten sie den Wagen in der Waldstraße ab. Hier, am Rande von Kopfsteinpflaster und großen Bäumen, unweit eines kleinen Sees, hatte man schon vor Jahren die Polizei einquartiert. In ein ausladenderes, modernes Gebäude. Eines das schon von Weitem einen gewissen Respekt einflößte und nichts mit miefigen Amtsstuben gemein hatte. Man ging ein ganzes Stück von der Straße, ehe über einige Stufen der Pförtner zu erreichen war. Vor sich sahen die Beiden massives Glas. Aber auch Poster und Sitzgelegenheiten in einem Empfangsraum.

„Guten Tag. Wir haben einen Termin mit Kommissar Köppers."

Der Polizeibeamte nickte freundlich, sagte, dass er Bescheid geben würde und drückte auf einen Knopf. Zeitgleich mit der sich öffnenden Tür, ertönte ein

76

leiser Summton. Dabei war die schleusenartige Gestaltung des Eingangs das am meisten einschüchternde. Erst nachdem sich die erste Tür wieder geschlossen hatte, öffnete sich die zweite und man konnte im Empfangsraum Platz nehmen. Dabei war es unheimlich durch das Glas dem Treiben innerhalb des Reviers beizuwohnen, selbst aber noch unter Beobachtung zu stehen. Unter einer solchen Atmosphäre mußte man sich einfach wie ein Straftäter vorkommen. Dabei warteten sie noch nichtmal alleine. Ein bärtiger Mann, der dann doch viel besser hier her paßte, las gedankenverloren Zeitung. Sharin und Michi hatten aber nicht die Gelassenheit um sich zu setzen und still zu warten. Ob die Beamten durch verborgene Kameras wohl schon hier ihre Verdächtigen / Gesprächspartner taxierten? Sharin lief kurz ein kalter Schauer über den Rücken. Und die Zeit wollte einfach nicht vergehen.

„Ziemlich groß ist das hier alles.", meinte Michi als er die Stille nicht mehr aushielt. Das hier war viel schlimmer als alle anderen Wartezimmer zusammen. Und so war das bekannte Gesicht von Kommissar Köppers, zwischen all der Kühle und Fremdheit, eine wahre Erleichterung. Freundlich blickend wartete er bis auf ein Zeichen von ihm, die dritte Tür geöffnet wurde.

„Hallo Frau Ludow, hallo Herr Ludow.", sagte er und schüttelte beiden die Hand. „Verzeihen sie das Warten. Am Besten wir gehen gleich in mein Büro." Nickend folgten sie ihm. Hatten sie das Gebäude bereits von außen als groß erachtet, so war die Menge an Gängen, Treppen und Räumen noch einmal einschüchternd. Gewiß konnte man sich hier mit Leichtigkeit verirren. Zumal sie mit dem Aufzug nach oben mußten.

„Ziemlich groß, nicht?", meinte Köppers und grinste um die Stimmung etwas aufzulockern. Er war groß und stand mit den Händen in den Taschen, an der Rückwand des Aufzuges. Überhaupt hatte er nicht viel von einem Polizisten. Oder zumindest von denen die Michi und Sharin bisher kennengelernt hatten.

„Oh ja.", pflichtete Michi bei. Allmählich fühlte er sich besser.

„So, da sind wir schon.", sagte Köppers als der Aufzug im vierten Stock hielt. Kaum zehn Schritte später saßen sie auch schon im Büro des Polizisten. Es war recht schön. Mit frischer Luft durch die gekippten Fenster und einigen Zimmerpflanzen. Selbst die Stühle waren viel bequemer als befürchtet. Und Sharin lachte innerlich über die frühere Vorstellung des Gesprächs.

„Möchten sie einen Kaffee oder Tee? – Also ich brauche morgens mindestens zwei Tassen, sonst werd' ich nicht wach.", meinte er und nahm den letzten Schluck von dem er gehofft hatte, er sei zumindest noch warm.

„Oh Sch... schade. Kalt." Verdrehte Augen zeugten vom widerlichen Geschmack kalten, abgestandenen Kaffees. Michi und Sharin lehnten dankend ab. Koffein war jetzt sicher nicht das Richtige. Trotzdem freuten sie sich, dass es Köppers so gut verstand, die Stimmung aufzulockern.

„Wir würden unserer Aussage gerne noch etwas hinzufügen.", begann dann Michi und von selbst auf das Thema kommend.

„Hinzufügen? – Wir hatten sie ja auch nur sehr vage befragt, aber bitte."

„Nun, es ist so,", er zögerte doch Sharin half ihm nicht. Sicher würde es kaum gut aussehen und neue Zweifel heraufbeschwören, sollte die ältere Schwester gleich ins Wort fallen um die Sache aufzuklären. Möglichst ruhig wartete sie gemeinsam mit Köppers darauf, dass Michi fortfuhr. „... dass ich mit Tim eine Beziehung hatte."

„Von der ihre Eltern nichts wußten, ich hab das damals schon gemerkt."

„Sie wußten es schon?" Michi fühlte sich keinesfalls angegriffen oder bloßgestellt. Er war nur überrascht.

„Ja, durch die Ermittlungen an der Fachhochschule. – Aber erzählen sie weiter."

„Ja, emm. Tim war ja älter als ich und hin und wieder ziemlich launisch. – In solchen Momenten ließ er sich von niemandem etwas sagen, am wenigsten von mir." Michi seufzte, atmete aber auf als er Sharin' Hand spürte. „... als er das letzte Mal bei mir war, hatten wir einen schlimmen Streit..."

„Wann war das?"

„In der Nacht vor seinem Tod?"

„Aha."

„Ja und jedenfalls – ich weiß nicht ob er etwas getrunken hatte, aber er war noch aufbrausender als sonst. – Es kam zu einem Handgemenge – da kam Sharin um sich zu beschweren, dass wir so laut wären – und... bekam wohl Angst als sie sah wie wir miteinander rangen."

„Ich hab einen Inliner-Schuh vom Schrank genommen und Tim damit auf den Kopf geschlagen.", erklärte Sharin und blickte Köppers eindringlich in die Augen. Er konnte sehen, sie würde es sofort, ohne zu zögern wieder tun und ebenso dass sie mit allem anderen in Reichweite zugeschlagen hätte.

„Und dann?"

„Sie müssen meine Angst verstehen, ich konnte Tim nicht leiden, er spielte mit Michi' Gefühlen und jetzt würgte er ihn auch noch! Ich hab nicht überlegt, einfach zugeschlagen. Sehen sie die Male am Hals, das war Tim."

„Ja, ich hab sie gleich bemerkt.", sagte Köppers ruhig. Seine Hand kam kaum noch mit den Notizen nach.

„Tim war bewußtlos. Zuerst hatten wir eine ungeheure Angst, naja, dass ich eben zu fest zugehauen hatte, doch dann, als er sich nach einer Weile wieder regte, wollten wir ihn nur noch aus dem Haus haben.", erklärte Sharin. Dann zögerte sie. Doch ihre Stimme war weiterhin fest.

„Und wie haben sie das angestellt?"

„Wir haben ihn vor die Tür getragen, sie geschlossen und die ganze Nacht Angst gehabt. Doch als er bei uns an der Wand saß, war er noch am Leben, hat gestöhnt und sich sogar leicht bewegt. Das müssen sie uns glauben!", klagte Michi flehend. Und damit war es geschafft. Sie hatten alles gesagt, alle Karten gespielt. Das Gewissen war leicht, doch die Angst noch immer kalt im Nacken. Und Köppers sah nicht danach aus als würde er seinerseits klärendes über die Lippen kommen lassen. Am Ende tat er es.

„Ich glaube, ich kann sie beruhigen." Seine Stimme hatte den freundlichen Ton nicht verloren. Auch wenn die Geschwister erzitterten. „Wir gehen heute davon aus, dass es sich bei seinem Tod um einen Unfall beziehungsweise Selbsttötung handelt." Erleichterung und Entsetzen spielten zugleich mit den Augen der beiden. Und Köppers fuhr fort: „Die Leiche wurde am 16. unterhalb des Villinger Aussichtsturmes gefunden. Der Autopsie nach, hatte Herr Derrmann zum Zeitpunkt seines Todes einen Blutalkoholgehalt von 1,6 Promille und keine äußeren Verletzungen die nicht von dem Sturz herrührten. Mit Ausnahme einer kleinen Wunde am Hinterkopf, teilweise verheilt und nicht in der Lage einen gesunden Mann dauerhaft außer Gefecht zu setzen, geschweige denn zu töten. Außerdem haben wir Spuren, - Fußabdrücke auf den Stufen entdeckt. Er ist demnach eigenen Schrittes den Turm hinaufgestiegen."

Gemeinsam fielen alle Sorgen von Sharin ab. Ein Gefühl so unglaublich, dass es jeder Beschreibung spottet, es nur wie das saftige Leben selbst sein kann. Schließlich hatten sie gerade dies zurückgewonnen. Unbeschwert und frei. Ganz egal wie lange die Süße dieser Erleichterung anhalten würde, dieser Moment war einmalig und Sharin kostete ihn aus.

Dass darauf rasch die dämpfende Bemerkung Köppers kommen würde, einen Augenblick unter vier Augen mit Michi sprechen zu wollen, konnte sie natürlich nicht erwarten. Doch auch nicht verhindern.

„Wieso?", fragte Michi. Etwas sagte ihm, dass sich Köppers mittlerweile nicht mehr auf bekannten Terrain bewegte.

„Ich hatte schon vor sie selbst anzurufen, aber..."

„Worum geht es?" Auch Michi sprach nun nicht mehr wie zuvor. Er schien sicher, drängend und kaum mehr wie Sharin' verstörter Bruder. Selbst wenn sie die einzige war, der es auffiel.

„Worum geht es?"

„Tim Derrmann war mit HIV infiziert."

Sharin fühlte die Kälte des Schocks ihre Wangen empor steigen; als würde sie ihr Gesicht in eiskaltes, festes Wasser tauchen, umhüllte er schließlich ihren gesamten Kopf. Doch entgegen jeglichen besseren Glaubens, spürte nur sie die bitterkalte Umarmung.

„Ich kann mir kaum vorstellen wie es sein muß, nach einem solchen Verlust, auch noch..."

„Ja, ja!", wiegelte Michi heftig nickend ab. „Können wir gehen? – Komm Sharin, laß uns gehen."

Michi war schon aufgestanden und hörte nicht auf die Beschwichtigungsversuche Köppers. Natürlich würden sie gehen können, aber er riet doch eindringlich dazu einen Arzt aufzusuchen. Über das Ergebnis von Tim' Blutuntersuchung gab es keine Zweifel und so war auch das Risiko einer Ansteckung nicht von der Hand zu weisen. Aber Michi wollte darauf nicht eingehen. Sharin sagte nichts, konnte nicht, versuchte noch immer mit dem Gefühlsschwankungen der letzten Minute fertig zu werden. Mit bleichem Gesicht und verwirrten Augen ließ sie sich von Michi aus dem Stuhl ziehen. Keine Frage, er wollte sofort gehen. Köppers schaute noch einmal mit einer besonders bemitleidenswerten Miene. Für ihn war sicher der schlimmste Fall eingetreten, als er seine Bemühungen aufgab und ihnen nur noch den Weg nach draußen zeigte.

Erst als sie wieder über die Treppenstufen und den Weg zur Straße gingen, an der frischen Luft waren, sprach Sharin mit entgeistertem Blick.

„Michi, hast du überhaupt gehört, was er gesagt hat?", sie faßte ihn an den Armen und stand ihm gegenüber.

„Ja, natürlich. Aber wir waren vorsichtig. Glaub mir!"

„Trotzdem. Wie kannst du dir so sicher sein?" Sharin' Stimme überschlug sich.

„Ich bin es und außerdem, - war ich bereits bei einem Arzt."

„Wirklich? – Ist das auch wahr? Lüg' mich nicht an, nicht jetzt!"

„Ja. Ich verspreche es dir."

Sharin blickte ihn noch einen Moment an. Sie wollte ihm glauben, war es doch der einzige Schlüssel um noch glücklich aus dieser Sache hervorzugehen. Keine Ermittlungen, keine Anzeige, keine Erkrankung. Sharin wollte es so, wollte durchatmen und endlich nach Hause dürfen. Die Erschöpfung spürte sie in jedem Zentimeter ihres Körpers stecken. Tief und mit dem Gewebe verwoben.

„Dann lass uns nach Hause gehen.", sagte sie wieder leise und hielt sich eine Haarsträhne aus dem Mund. Windböen frischten auf und wirbelten ihre Haare durcheinander. Michi nickte.

Zu Hause hatte die Anspannung schon deutlich nachgelassen. Endgültig, hoffentlich. Sie machten es sich gemütlich und griffen nach einem alten Film auf Video. Einer der mit vielen schönen Erinnerungen behaftet war.
Auch nachdem der Abspann durchgelaufen war, saßen sie noch lange auf der Couch und redeten. Draußen war das Wetter noch schlechter geworden, Regen prasselte aus dunklen, aufgewühlten Wolken. Drinnen summte die Heizung, nochmal aus dem Sommerschlaf geholt und Füße genossen die Socken und wärmende Decke.
„Worüber habt ihr euch eigentlich gestritten?"
„In der Nacht?"
„Ja."
„Ich hab ihm vorgehalten, dass er vollkommen verantwortungslos mit sich und anderen umgegangen ist. – Das wollte er nicht wahrhaben."
„Weiß er wo er sich angesteckt hat?"
„Er schätzt, dass es letztes Jahr im Urlaub in Swansea passiert ist."
„Swansea...?" Sharin grübelte.
„Liegt an der walisischen Küste."

kAPITEL 20

„Habt ihr etwas von Chris gehört?"
Es war am frühen Abend und wir tranken gerade Kaffee um noch ein, zwei Stunden mit der Probe weitermachen zu können. Es war der Tag nachdem Sharin bei der Polizei gewesen war. Wovon sie natürlich nichts erzählt hatte.
Die Sonne ging allmählich unter und tauchte den Übungsraum in ein phantastisches Licht. Wir saßen etwas abseits und beobachteten, wie überall kleine Partikel blütenstaubgleich zwischen den Instrumenten durch die Luft segelten.

„Nein.", sagte ich knapp und pustete über meine dunkle Tasse hinweg. Kaffeetassen müssen bei mir immer dunkel oder zumindest natürliche Farben haben. Diese schrill bedruckten, bunten Teile kann ich nicht ausstehen.

„Ich auch nicht." Dennis schraubte seine Thermosflasche wieder zu.

„Hoffentlich kommt der bald mal aus seinem Schmollwinkel. Ich hab nämlich Vera angerufen." Bei der bloßen Erwähnung dieses Namens blickte Dennis hellhörig hinter seiner Kanne hervor. So ähnlich wie dieses Trickfilm Stinktier sobald irgendwo 'ne Katze auftaucht.

„Und weshalb?", fragte ich, nahm einen Schluck und war noch vollkommen ruhig. Natürlich wißt ihr, was gleich passieren mußte.

„Na wegen einem Konzert im Delta."

„Bitte was?", rief Dennis während ich Sharin eben genannten Schluck Kaffee vor die Füße spuckte.

„Bis du verrückt?" Einen kurzen Moment überlegte ich, ob wir uns schon einmal zuvor mit dieser Frage innerhalb der Band beharkt hatten, als Sharin auch schon mit Erklärungsversuchen konterte.

„Die feiern doch nächsten Monat ihr elfjähriges Jubiläum...“

„Elfjähriges, warum haben die das nicht letztes Jahr gemacht, - dann wär's wenigstens rund gewesen?“, wollte Dennis irritiert wissen.

„Ach, das könnte ja jeder – jedenfalls hat Vera mal angedeutet, dass dafür etwas Besonderes geplant sei. Ich dachte, da müßte sich doch etwas machen lassen.“

„Aber doch nicht jetzt wo wir Leute verlieren:“ Dennis und ich blickten uns verwirrt an. Leute? Wer will denn noch gehen? Naja, kleiner logischer Fehler im Eifer des Gefechts. Andererseits aber auch ein Zeichen der Wertschätzung, wenn wir von Chris nicht als einzelne Person sprachen.

„Hey, jetzt beruhigt euch mal. – So eine Gelegenheit lassen wir doch nicht ungenutzt verstreichen. Davon mal abgesehen, hatte ich keine Ahnung, dass Chris gehen würde, als ich das Thema zum ersten Mal ansprach.“
Na gut, Sharin hatte mal wieder gewonnen. Ich kratzte mich am Hinterkopf und blickte hinüber zu den Instrumenten. Ach Scheiß drauf, allein der Gedanke dieses Zeugs auf einer richtigen Bühne zu sehen war eine Sünde wert. Also gut, versuchen wir's.

„Was stellen die sich denn darunter vor?“

„Also sicher ist noch gar nichts.“

„Na toll!“

„Weißt du eigentlich, dass du manchmal gewaltig nerven kannst?“, stichelte Sharin, konnte sich aber ein Grinsen kaum verkneifen.

„Ich hab da so eine Ahnung.“, gab ich schelmisch zurück.

„Jedenfalls kommen sie übermorgen vorbei, um uns anzuschauen. Bis Chris so 'n Mist gebaut hat, war ich total optimistisch, hatte ein so gutes Gefühl. Sollte eine Überraschung werden, verdammt!"

Oh wie war das schnell gegangen? Wir brauchten nur in der gewohnten Umgebung des Übungsraumes ein paar Gedankenspiele voran treiben und schon hatten wir uns komplett in ein Delta Konzert verliebt. Und das wurde nun allen klar.

„Dieser doofe Sack. – Also beim nächsten Mal sag ich ihm aber sowas von die Meinung!", fluchte ich und striff mir mit der flachen Hand über den Oberschenkel.

„Redet ihr über mich?"

Nanu! Chris! Super, dachte ich, jetzt ist der Scheißkerl nicht nur für 1a Soli gut, sondern auch noch für solch heldenmäßigen Auftritte. Tatsächlich kam er doch geradewegs auf uns zu. Mit all seinem Zeug. Keine Ahnung wie lange er uns schon zugehört hatte.

„Ja, wir hatten das Thema angeschnitten. Hast du dich jetzt endlich mal entschieden?" Dennis Direktheit war einfach unschlagbar.

„Hab ich, hab ich. Allerdings..." Er sagte das so als würde noch etwas Gewaltiges folgen. – Heldenmäßig, ich sag's ja. „... möchte ich vorher noch einige Dinge klären." Unaufhaltsam kam er auf mich zu. Wobei mir ganz anders wurde.

„Erstens, hab ich keine Lust mehr auf nächtliche Anrufe, so ungefähr zwanzig Stück pro Nacht!"

„Was, was für Anrufe?", fragte Sharin, aber Chris schaute nur mich an.

„Warum kuckst du mich so an? Glaubst du ich hab nachts nichts Besseres zu tun?" Ich lächelte, das war ja auch lächerlich. Allmählich war ich sicher, dass Chris tatsächlich regelmäßig Drogen konsumierte.

„Meinst du? – Sag mal, Erik, weißt du was eine Rufnummernanzeige ist?" Oh shit! Willkommen im neuen Jahrtausend Idiot! Na toll, jetzt waren also noch nicht mal mehr terroristische Anrufe zu später Stunde machbar. Manchmal tat ich mir regelrecht selbst leid.

„Was hast du gemacht Erik?" Sharin war geschockt.

„Ich, ich. – Also, naja, ich wollte ihn einfach – wachrütteln." Oooh, ja genau, ein Gag, das konnte meine Rettung sein. War's aber nicht, wie sich rasch herausstellte.

„Super Erik, und da wunderst du dich?" So unter Druck gesetzt verlor ich irgendwie total das Gefühl zwischen wirklicher Anschuldigung und scherzhaftem auf den Arm nehmen zu unterscheiden. Und ich spürte wie sich mein Selbstvertrauen in eine winzige, finstere Höhle zurückzog und ängstlich hinaus schaute. Eigentlich fehlte zu guter Letzt nur noch, dass Chris diese andere Sache aufgefallen war und er sie nun, die Gelegenheit war ja günstig, zur Sprache brachte.

„Eigentlich geht's mir aber um was ganz anderes..." Ooh nein! Ich war im Arsch! „... dieses ständige Mißtrauen von dir, nur wie du zu feige bist Sharin deine wahren Gefühle zu beichten und hinter jeder Geste einen Anmachversuch siehst. Aber ich kann dir versichern, ich will nichts von ihr. Du hast freie Bahn, los Erik, versuch dein Glück!" Es war schrecklich, ich versank irgendwo zwischen..., ach Scheiße, das war ja 'n Betonboden und hatte noch nichtmal Fugen.

„Chris, ist genug. – Ich weiß das doch schon längst."
Was ich von Sharin vor Schwindel kaum noch mitbekam, war für Dennis die mit Abstand tollste Vorstellung seines Lebens. Grinsend blickte er von einem Beteiligten zum anderen, wie bei einem suspekten Tennismatch.

„Hast du mich gehört Erik?", fragte Sharin und ihre Stimme war dabei so verdammt zart und ihr Körper, ach ich sag's jetzt einfach, ein solches Gedicht an die Schönheit und Eleganz, ein hobbitmäßiger Augenöffner, eine Pracht die mein Herz und meine Lenden zugleich packte.

„Ja – schon." Ich versuchte mich daran zu erinnern, dass ich keine fünfzehn mehr war und auch keine zwanzig. Es war schwer, doch nichts im Vergleich dazu als ich ihr in die Augen blickte um wie zwei Erwachsene (ha ha) über dieses Problem zu sprechen. Zumindest hatte sich Chris alles von der Seele geredet und gemerkt, dass er mir einen ziemlichen Rempler verpaßt hatte. Eine volle Breitseite. Als Ubootkapitän im ersten Weltkrieg wäre er sicher zu Ruhm und Ehre gekommen. Aber was soll's schon. Er hatte nur Wahres gesagt.

„Sollen wir das nicht endlich mal klären? Es ist ja auch meine Schuld. – Ich hätte früher etwas sagen sollen. Aber irgendwie hat's mir eben auch geschmeichelt."

„Ja?"

„Ja."

„Und dann?"

„Wurde es zu so einer normalen und schönen Situation, dass ich wohl insgeheim nichts daran ändern wollte."

Hab ich schon erwähnt, dass Sharin toll ist? Ja? Naja, toll ist ohnehin nicht das richtige Wort. Sie ist atemberaubend, wundervoll – menschlich.

„Es ist ja nicht so, dass ich mir all die Zeit irgendwelche – emm, Möglichkeiten ausgerechnet habe. Doch das Gefühl war eben trotzdem da. Da konnte ich nicht viel tun.", gab ich zu.

Da das Leben ohnehin eine wirre Reihe von Wiederholungen ist, kann ich ruhig auch nochmal erzählen welche befreiende, ja spirituelle Wirkung wahre Ehrlichkeit hat. Das soll jetzt keine philosophische Arbeit über Geist und Seele werden, ich glaube nur, dass gerade da ich in vielerlei Hinsicht ein gewöhnlicher Mensch bin, diese Gewißheit für jeden Menschen gilt.

„Ich find's schön, dass wir jetzt darüber reden können."

„Ich auch. Es ist als würde einem ein Strick vom Hals genommen, als könnte ich zum ersten Mal wirklich durchatmen."

Sharin lächelte mich an und ich war einfach nur dankbar, dass es endlich vorbei war. Ja genau vorbei. Denn natürlich waren wir beide nicht füreinander geschaffen. Jedenfalls nicht so wie ich es mir in einsamen, mondhellen Nächten ausgemalt hatte.

„Das heißt du bist dabei?", fragte Sharin Chris, nahm aber meine Hand und wandte sich noch nichtmal zu unserem Gitarristen um. Er stand neben Dennis und trank mittlerweile schon seinen ersten Post-Split-Off-Kaffee.

„Ja, - Ich hab immer gedacht, dass ihr wißt wie wichtig all das für mich ist. Dabei waren mir die Reaktionen der Labels doch scheißegal; doch das hier immer diese Aggression im Raum hing, ist mir echt an die Nieren gegangen."

Zugegeben, die Stimmung war schon ziemlich anheimelnd, aber warum auch nicht. Wir waren für uns die besten Freunde. Und mittlerweile glaub ich, dass uns eine solche Aussprache schon viel früher gut getan hätte.

„Also, dann laßt uns mal wieder. Und in Zukunft, hört ihr einfach auf mich.", meinte Dennis, stellte seine Tasse beiseite und schwang sich hinter sein Schlagzeug.

kAPITEL 21

Der Startschuß für den Neuanfang war gefallen. Und es war phantastisch. Noch am gleichen Abend spielten wir unser gesamtes Programm herunter. Durchgehend ohne grobe Fehler. Selbst den neuen Song, mit mir als Sänger, versuchten wir und Chris war voll des Lobes. Etwas, das in der ganzen Bandgeschichte noch nicht vorgekommen war. Als wir um halb elf Schluß machten, uns die Hände brannten und Sharin ganz heiser war, wollte niemand von uns nach Hause. Nein. Wir wollten dem Abend noch die Krone aufsetzen, dieses wunderbare Gefühl genießen bis es uns zu den Ohren rauskam.

Es war die Idee von Chris einfach in den Transit zu steigen, loszufahren und zu sehen wo wir ankommen würden. Alle waren sofort einverstanden. Als wir die Tür hinter uns abschlossen und uns die Nachtluft mit ihrer Kühle umfing, kreisten die Gedanken. Separat, gemeinsam, überall. Am Himmel waren keine Wolken zu sehen, doch die Sterne noch vom Schein der Stadt verborgen. Abseits strahlte das matte Weiß des Transit wie der Mond selbst, wir stiegen ein und gondelten los. Vorbei am Bahnhof, dann nach links über die mehrspurige Brücke, weiter geradeaus in Richtung Schwenningen. Und als wir die großen Städte hinter uns gelassen hatten, durch kleine Dörfer fuhren die still dalagen, vorbei an Feldern und Wiesen die unbeschreiblich gut rochen, gehörte die Nacht uns und nur uns allein. Noch immer störte kein Wolkenschatten den freien Blick auf den Himmel. Nur wurde der Blick von weißfunkelnden Sternen eingefangen, von einem Lichtpunkt zum nächsten gezogen und die herrlich frische, schwer nach Sauerstoff riechende Luft hielt den Geist.

Auf unserem Weg ließen wir Mühlhausen, Weigheim, Trossingen und Aldingen hinter uns. Allesamt kleine Städte und Dörfer, die zwischen Schwarzwald und Schwäbischer Alb liegen. Dann fraßen sich die Scheinwerfer auch schon durch einen finsteren Laubwald, rumpelten die Räder auf einer schmalen Straße steil bergauf und der Motor dröhnte unter der Anstrengung. Blickte man seitlich in den nächtlichen Wald am Rande der sich windenden Straße, sah man nichts. Doch das Gefühl, seinerseits beobachtet und bestaunt zu werden, wollte nicht weichen.

Mittlerweile wußten wir wohin es ging. Wir alle waren schon einmal hier gewesen. Und vielleicht war es gerade deshalb der richtige Ort. Am Tage ragten die glatten Stämme der Laubbäume zwischen lieblichen Sträuchern und Pflanzen, einem grünen Teppich, empor. An zum Teil steilen Hängen, aber auch immer wiederkehrenden Stufen, die wie Gärten am Berg lagen. Jetzt war von alledem nichts zu sehen. Und nach einer letzten Kehre, tauchten wir aus dem Wald und auf der Ebene der Anhöhe auf. Es war wundervoll. Wenn man hier und da zwischen den Bäumen und Büschen die Lichter der umliegenden Dörfer sehen konnte, brauchte man nur nach oben zu schauen um den prachtvollsten Sternenhimmel zu bewundern, wie man ihn sich nur vorstellen kann. Wir kurbelten die Seitenfenster herunter und reckten unsere Köpfe hinaus. Es war berauschend den Fahrtwind zu spüren und gleichzeitig diese Pracht des nächtlichen Glanzes zu genießen. Dann waren wir am Ziel. Einem senkrechtem Kalksteinabbruch, einer Klippe die sich thronend über die Landschaft erhob. Und wir waren oben drauf. Kein Baum versperrte an dieser Stelle die Sicht auf die Umgebung und für kurze Augenblicke vermochte dieser Anblick gar vom

Firmament abzulenken. Durch die Dunkelheit der Nacht gewann man den Eindruck man würde fliegen, nieder fliegen. Doch nicht über Land und Landschaft, sondern eine wellige, tiefschwarze Decke, übersät mit gelbfunkelnden Punkten, Perlen die das Auge magisch anzogen. Wir stiegen aus und atmeten frei. Gingen ein Stück und legten uns einfach auf den Rücken. Die Wärme des Asphalts war noch immer zu spüren. Niemand fror.

Ich weiß nicht mehr genau wie lange wir dort blieben. Ja selbst die Themen der Gespräche sind mir irgendwie entschwunden. Nur das Gefühl davon, das ist noch da und auch auf die Gefahr hin, dass ich mich erneut wiederhole, ich konnte mich nicht daran satt trinken. Das und die Tatsache so viele Sternschnuppen wie niemals zuvor gesehen zu haben, werde ich so rasch nicht wieder vergessen, ganz sicher. Es war als hätten wir alle gemeinsam das gleiche gefühlt und empfunden. Ein einzigartiger Moment von Zugehörigkeit, Geborgenheit, kurz seltenen, bewahrungswürdigen. Und so waren wir auch traumtrunken als wir irgendwann zurückfuhren und im Osten bereits der Schimmer eines neuen Tages die ungezählten Stimmen der Vögel erklingen ließ.
Eben jenen Tag verbrachten wir alle schlafend, in getrennten Betten. Friedlich schlummernd und von rosigen Zeiten der Band träumend, hat sich der Bezug meines alten Daunenkissens noch nie so kühl und weich, himmlisch angefühlt. – Ich hätte für ewig so liegen und einfach nur schlafen können.

Wegen unseres Bewährungsauftrittes machte ich mir eigentlich keine Sorgen. Er ließ mich genaugenommen noch nicht mal unruhig werden. Weshalb auch? Es ist eben der Vorteil, einer existentiellen Vorgehensweise, dieser musikbezogenen Erleichterung, wodurch einfach vieles seinen Schrecken verliert. Andererseits ließ sich das locker sagen, hier im flauschigen Bett, fernab von allen Wirren und Sorgen der Welt. Was morgen mit mir und den Anderen passieren würde, wußte niemand zu sagen. Aber nochmal, ich war vollkommen ruhig, gelassen, souverän – erwachsen. Der Moment einer solchen Ausgeglichenheit war, als Moment, natürlich auch irgendwann zu Ende. Selbst wenn ich mich krampfhaft dagegen wehrte, half es nichts. Tja, alles hat sein Ende, nur die W...

Dass wir als Zeit, den frühen Nachmittag ausgemacht hatten, zeigt, dass auch die anderen diese Ruhe gespürt hatten und sei's nur für einen Augenblick. Eine halbe Stunde mußte einfach reichen um alle Nervosität zu verjagen und um jeden der kam zu zeigen was wir wirklich draufhatten. Bis dahin war noch massig Zeit übrig. Zeit die danach schrie überbrückt und im besten Fall, gut genutzt zu werden. Gewöhnlich eine einfache Übung für mich. Was ich normalerweise getan hätte? – Wahrscheinlich Musik gehört, die Glotze angeworfen oder einfach herumgehangen indem ich soviel wie möglich, an sich schon ausfüllende Tätigkeiten, miteinander verband. Doch sonderbarer Weise tat ich etwas vollkommen anderes. Ich nahm ein Buch, das mir Sharin in gutem Willen einmal ausgeliehen hatte und nun bereits Staub ansetzte, blätterte darin herum, befühlte die Seiten und roch sogar an dem alten Papier. Irgendwann begann ich auch zu lesen. Für Stunden. Ich werde jetzt nicht verraten, was es für ein Buch war, da man es mir ohnehin nicht abnehmen würde. Geschweige denn, dass ich auch verstand was ich da las; worum sich die Figuren und Geschehnisse drehten. Sharin selbst hatte mir mal gestanden, es sei das erste und einzige Buch, dass sie wirklich nicht geschafft hatte. Nicht geschafft hatte zu lesen. Und das gleich zweimal. Es war aber auch das Buch von dem sie sagte, dass es Menschen unmöglich verstehen oder auch nur für fesselnd halten würden, die sich jene, darin angeregten Gedanken nicht schon selbst irgendwann gemacht hatten. Ohne diesen Ansatz ging es nicht. Doch machte eben jene Hürde dies Buch zu einer unvergänglichen Kostbarkeit. Sie selbst sei bei den ersten beiden Versuchen schlicht zu jung gewesen. Wahrscheinlich war ich es noch immer. Und wenn nicht an Jahren, dann an Erfahrungen, Gedanken und Zweifeln. Wobei ich mir über eines vollkommen sicher war, auf dem letzten Gebiet, hatte ich bereits gewaltige Fortschritte gemacht.

kAPITEL 22

Als wir uns schließlich trafen, versuchten wir doch tatsächlich für ein paar Sekunden abgebrüht und unantastbar zu sein. Ziemlich lächerlich. Aber da wir selbst drüber lachen konnten und es niemand von uns anders ging, war's nicht gar so peinlich.

„Ach... schauen wir einfach mal wie's läuft. Sicher haben sie schon Schlechteres gesehen.", meinte Chris und rieb sich den Schweiß der Hände am Hosenbein ab. Wir trugen alle recht dunkle Klamotten wodurch vermutlich jeder, der uns zum ersten Mal spielen sah, glauben mußte es gäbe sowas wie ein Bandoutfit. Naja, am Ende vielleicht sogar noch hilfreich.

Verstohlen blickte ich auf einen kleinen Karton neben Sharin' Bass.

„Hast du aufgerüstet?"

„Nein.“, gab sie gespielt gekünstelt zurück. „Ich wollte nur mit euch teilen.“

„Das Zeugs? Nein danke, hast du keine Bierchen dabei?“

„Also ich nehm ’nen Schluck. Brrrrr...! Ist das süß! Wrrrrr!“ Dennis schüttelte sich heftig und kniff die Augen zusammen als auch noch die Wirkung des Alkohols einsetzte. „Was ‘n das für ‘n Zeug?“ Der rasche Griff zu der nicht original verschlossenen Flasche hatte sich wohl als Fehler herausgestellt.

„Spezialmischung.“, grinste Sharin verstohlen. „... Rum, Cola, Amaretto!“

„Oh Gott!“

„Nicht gut?“

„Mal sehen.“, meinte Dennis ausweichend und ging, seinen Bauch haltend, hinters Schlagzeug. Wir hatten noch nichtmal damit begonnen uns warmzuspielen, da war Sharin bereits bester Laune.

„Sag mal, wieviel von deinem Spezialtrunk hast du dir denn schon gegönnt?“ Ich legte mir den Gitarrengurt um und klinkte mich ein.

„Nicht viel.“, meinte sie und griff gleich mal in die Seiten um weiteren unangenehmen Fragen das Wasser abzugraben. Ich gab mich lächelnd zufrieden und war froh endlich anfangen zu können. Denn Ablenkung tat wirklich Not. Ich sah’s an meinen flattrigen Fingern. Eigentlich merkwürdig. Wie gesagt, wir machen das schon eine Weile und hatten auch einige Auftritte. Ich kann es mir nur damit erklären, dass der Gedanke an einen Auftritt im Delta, also breites Publikum, gleich einer tiefschwarzen Gewitterwolke drohend über uns thronte.

Doch nun schienen wir die Sache halbwegs in den Griff zu bekommen. Zunächst jammten wir etwas herum, verstellten und verdrehten bis sich Zufriedenheit einstellte und wir uns mit schnellen, leichten Nummern freispielten. Es lief gut. Kaum Verspieler und wenn, dann solche die man nicht als Fehler erkennt. Nach fünf Stücken legten wir eine kurze Pause ein. Schließlich war sowas ähnliches wie eine Zusammenstellung der Songs sicher kein Fehler.

„Ich würde sagen, wir beginnen eher schnell, aber gedämpft um ihnen zu zeigen das wir auch abgehen können. Danach bauen wir ein, zwei ruhigere Stücke ein und am Ende lassen wir's nochmal krachen.", schlug Chris vor und blickte fragend jeden einzelnen von uns an. „Aber du kennst die Leute besser Sharin."

„Ja...,", sagte sie, räusperte sich und mußte doch husten. „... ich weiß auch nicht genau wer kommt. Aber ich denk so wär's am Besten." Rasch nahm sie sich Papier und Bleistift und stellte eine Liste zusammen. „... beeindrucken wir sie mit einem schön ausgewogenen Spiel, ohne lange Pausen; wie aus einem Guß.", sagte sie während sich nach und nach die Titel aneinanderreihten und wir uns über ihre Schulter beugten.

„Na, was haltet ihr davon?"
Dennis nickte und Chris legte sich grübelnd den Zeigefinger auf die Lippen.

„O.k. – machen wir's so." Einstimmige Entscheidungen sind immer etwas Schönes. Doch in diesem Fall ließ sich wirklich kaum etwas an Sharin' Auswahl bemängeln. Wenn wir damit niemand überzeugten, dann wohl nie. Also fertigte sie nochmal drei Aufschriebe an, alle schön deutlich geschrieben und klebte sie vor die jeweilige Position auf den Boden. Insgesamt sieben Songs. Vier schnelle und drei ruhigere. Wir waren soweit. Sollten sie doch kommen, sie würden schon sehen was sie davon hatten.

Hin und her gehend, blickte sich Sharin um. Sie sah ganz danach aus als hätte sie etwas vergessen und nur noch das ungute Gefühl eine Kleinigkeit ändern zu müssen.

„Passen die überhaupt alle auf die Couch?"

„Wieso, wieviel kommen denn?"

Chris versuchte noch ein Gefühl für die Soli der langsamen Songs zu bekommen, während ich mich zu Sharin umdrehte und an meiner Frisur herumzupfte.

„Keine Ahnung – ich hätte wohl besser fragen sollen."

„Werden schon nicht so viele sein." Dennis sah es mal wieder auf die einzig richtige Weise. Zwar wußte ich kaum etwas über die Hierarchie des Deltas, doch entsinne ich mich an einige Gesichter die ich mit den Begriffen Geschäftsführer und Eigentümer in Einklang bringen kann. Von dem Standpunkt aus, war ich allein deshalb gespannt ob sich meine Erwartungen erfüllen würden.

„Ich glaub sie kommen."

Mir wurde heiß und kalt. Verdammte Nervosität. Jeder der sagt, sowas sei immer wieder spannend ist in meinen Augen ein Schwachkopf. Obwohl, bei näherer Betrachtung... ach Scheiß drauf. Es ging sowieso los.

„Hi.", begrüßte Sharin zunächst Vera und Harry. Soweit gab es keine neuen Gesichter. Und auch Bernd, da war doch was mit Geschäftsführer, ein ganz gut aussehender Typ mit Locken und brauner Lederjacke, kannte ich vom Sehen her.

„Wollt ihr irgendwas trinken?", fragte Sharin und mimte die besorgte PR-Frau.

„Wieso... seid ihr so schlecht?", frage Harry lachend, wobei er breit grinste und sich mit den Händen in den Gesäßtachen nach hinten bog. „...

Scherz! – Au!" Als gerechte Strafe hatte ihm Vera sofort eine in die Seite gegeben.

„Hört bloß nicht auf den!", beruhigte sie uns und visierte ihren Freund, grinsend aber mit zusammengekniffenen Augen scharf an.
Nach der ersten Schrecksekunde kamen sie erstmal näher und schauten sich ein wenig um. Dabei schien gerade Bernd unser Übungsraum auf Anhieb zu gefallen.

„Also gut, warten wir mal ab.", gab sich Harry versöhnlich.

„Du kannst ruhig was trinken Harry. Haben allerdings nur Cola, Sprudel und so 'n Zeugs."

„Vergiß nicht den Spezialtrunk!", rief ich. Mußte natürlich sein.

„Spezialtrunk?"

„Wird dir sowieso nicht schmecken."

„Hmmm..." Er schien zu zweifeln.

„Cola, Rum..." Vera und Harry blickten synchron auf. „... und Amaretto."

„Hast recht!"

„Eben... na dann würde ich doch sagen, fangen... ach kennt ihr euch überhaupt alle?"
Wir blickten ein wenig irritiert. Das fiel Sharin ja früh ein. – Als PR-Frau wäre sie glatt durchgefallen.

„Oh, sorry! – Das sind Vera, Harry und Bernd, der übrigens entscheidet ob sie uns nehmen; das da sind Chris, - Dennis und Erik."

„Der Schlangentyp?", fragte Bernd zurückhaltend, sodas ich es fast nicht gehört hätte. Aber da Sharin grinsend nickte, hatte ich gleich den Verdacht, dass es um mich ging.

„O.k." Sharin seufzte nochmal leise zum Boden, legte sich den Bass-Gurt auf die Schulter und wandte sich um. Dennis zählte leise ein und los ging's mit einem Gewitter aus Schlagzeug und verzerrter Gitarre in das anschließend Sharin' Bass

und ganz zuletzt ihre Stimme einschlugen. Fortan aber einen melodischen Gegenpol zu den harten Riffs und Schlägen bildete. Wir blickten keine Sekunde auf die drei vor uns. Andernfalls hätte uns das kollektive Zucken ganz zu Anfang womöglich aus dem Takt gebracht.
Das Grundgerüst dieses Songs war einfach, minimalistisch aber deshalb auch um so wirkungsvoller. Uns zumindest war er immer sofort ins Blut gegangen. Er zerrte geradezu an den Füßen. Danach machten wir einfach weiter. Ohne Pause innerhalb der die drei ihren Mißmut oder ihr Gefallen kundtun konnten. Mehr als die Sekunden zum Einzählen gönnten wir uns und ihnen nicht.
Ich glaube unsere besten Momente hatten wir dann bei den ruhigeren Stücken. Als einer der kaum singen kann und nur die Rhythmusgitarre spielt, ist es vielleicht eine frustrierende Sache, doch die langsamen Songs sind einfach viel schwieriger als die rockig hingeklotzten. Prinzipiell. Es verlangt ein viel feineres Spiel, gerade an der Gitarre, die Melodien müssen ausgereifter sein – vom Gesang gar nicht erst zu reden. Und so wirkte ein Auftritt wie dieser unheimlich anspornend. Denn wir waren gut. Richtig gut. Auch oder gerade da Sharin' Trunk seine Wirkung nicht verfehlte. – Sie versteckte ihr Gesicht unter wild herumschwankenden Haarsträhnen wenn sie vom Mikro zurücktrat und den Bass mit dem Oberschenkel stützte. Sie sang himmlisch, jenseitig, als wir die Lautstärke hinunterdrehten und die *Pixies* feierten. Und ihr lief der Schweiß über die Schläfen als wir am Ende noch einmal alles gaben.
Dann verebbte schnaufend ihre Stimme und das Gewimmer von Chris' und meiner Gitarre setzte den Schlußpunkt. Erschöpft blickten wir zum ersten Mal auf unsere Zuhörer. Ich würde jetzt ja gerne noch ein

wenig die Spannung aufbauen, das Ganze in die Länge ziehen und die Reaktion nicht bloß nüchtern anfügen. Doch sowas würde nur dazu führen die Stimmung zu versauen – Also mach ich nicht weiter. Alle drei waren begeistert, standen sogar auf um uns ein wenig Beifall zu klatschen. Es war genial. Es war schön. Es war wie wir es uns insgeheim immer gedacht hatten.

„Wirklich nicht schlecht!", rief Bernd und klatschte noch als die anderen schon herüberkamen. Zu diesem Zeitpunkt wußte es nur Sharin, schließlich hatte Vera sie vorgewarnt, doch erzählte sie uns später dass Bernd gewöhnlich nicht so leicht zu begeistern war. Somit war die Erleichterung, die mit seiner Reaktion einherging, nicht hoch genug einzuschätzen.

„Spezialtrunk, hmmm.", neckte Harry Sharin und grinste gutgelaunt in unsere Richtung. Wir waren ziemlich platt aber glücklich, als wir unsere Instrumente in Ruhe und eine Mineralwasserflasche durchgehen ließen.

„Und...?", fragte ich wobei ich mit knapper Not einen kolossalen Rülpser verhinderte. „... wie sieht's aus?"

„Ist doch keine Frage, ha, wär ja noch schöner, oder Bernd?" Ach wie schön ist es wenn man Verbündete wie Vera hat.

„Seh ich auch so. Wenn ihr noch Bock habt, spielt ihr am Freitag in drei Wochen."

Wir hatten es tatsächlich geschafft. Nicht dass die Zweifel jemals groß gewesen wären, doch dass dann alles so glatt lief, war schon eine Überraschung. Eine die uns vorsichtig werden ließ. Glaubt es ruhig. – Drei Wochen auf die faule Haut legen war nicht drin. So gut würde es ganz sicher von alleine nicht nochmal laufen. Also stellten wir bereits in den ersten Minuten nach der Zusage einen strikten Übungsplan auf. Mit festen Zeiten und Regeln falls mal etwas schief gehen sollte. Das war's dann aber auch schon mit der Pflichtorganisation. Laut Bernd würde von seiner Seite für das Meiste gesorgt werden. Selbst das Equipment würde uns, abgesehen von einigen selbstverständlichen Ausnahmen, gestellt werden. Der Hammer war jedoch als er sogar geringe Verdienstmöglichkeiten in Aussicht stellte. Unglaublich. Für das Konzert rechnete er schon mit etwa 3-5 Euro als Unkostenbeitrag und war sicher, das es voll werfen würde. – Daran nicht gleich zu glauben, war zwar das einzig Richtige, doch verlockend war der Gedanke allemal.

„O.k. wir sehen uns. Und meldet euch wenn es irgendwie Schwierigkeiten gibt.", meinte er noch zum Schluß als wir sie verabschiedeten. Danach war erstmal – nein keine Fete – üben angesagt. Wir sind ja bescheuert? Kann schon sein, aber nachdem wir selbst wußten wie schwierig es sein würde diesen Level zu halten, zumal über eine volle Konzertlänge, fanden wir genügend Gründe um nicht gleich durchzudrehen. Dafür war nach dem Konzert immer noch mehr als ausreichend Zeit. Also machten wir uns an die Arbeit.

kAPITEL 23

Zu einer kleinen Feier kam es schließlich doch noch, als wir uns zu einem schlichten Umtrunk im Bistro trafen. Denn angesichts des vermutlich größten Auftrittes der Bandgeschichte und der Tatsache, dass der Grundsatz: vor dem Konzert ist nach dem Konzert, in letzter Konsequenz nur auf einer Tour wahr ist, hatten wir einige Probleme die Begeisterung unserer Freunde in Grenzen zu halten.

– Und ja, es gab welche außerhalb der Band. So mancher unter ihnen witterte gar schon den großen Durchbruch und konnte oder wollte nicht verstehen weshalb wir in relativer Ruhe verharrten. Und selbst so nett plazierte Sprichwörter wie, die Ruhe vor dem Sturm, verfehlten die angepeilte Wirkung. Nun ja, wir hatten uns fest vorgenommen abzuwarten und keinen Blödsinn zu unternehmen; bisher erfolgreich.

„Aber der Gedanke ist doch schon irre, ihr könntet dort den Startschuß für eine richtige Karriere setzen.", sagte Dennis' Freundin mit ihrer hohen Stimme. Falls jetzt kollektives Erstaunen ausbricht, ja, Dennis hatte eine Freundin, aber da es ohnehin nicht immer dieselbe gewesen ist, nur der gleiche Typ Frau, und wir zudem solche Dinge nicht mit der Band in Kontakt bringen wollen, sei mir die Nichterwähnung bitte verziehen. Sie hieß übrigens Andrea.

„Können wir nicht das Thema wechseln? – Wenn das die nächsten Tage noch genauso weitergeht, dreh ich durch.", sagte Dennis und sprach aus, was wir andren alle dachten. Wobei mir erst dabei auffiel, wieviel Gemeinsamkeiten unser Drummer mit einem gewissen Cosmo Kramer hat. Aber wo die liegen und wer dieser ominöse Kramer überhaupt ist, würde jetzt zu weit führen. Sofern es darauf überhaupt Antworten gibt.

„Was habt ihr eigentlich dieses Wochenende vor? Abgesehen vom Proben natürlich?", frage Michi nachdem ihm aus vielen Augen mißfallende Blicke entgegengekommen waren.

„Keine Ahnung. Aber womöglich nichts zusammen?", meinte Chris und verwies mit einem Augenzwinkern auf das Pärchen an unserem Tisch, das sich gerade gegenseitig die Zunge in den Hals steckte.

„Wieso?"

„Wir könnten doch ins Kino gehen.“

„Für Matrix ist's mir im Moment aber viel zu eng.“, sagte Sharin und nippte an ihrem Korea.

„Ja, ich dachte auch an den neuen mit Edward Norton – fünfundzwanzig Stunden oder so.“

„Oh, der soll wirklich Klasse sein!“ Dennis war viel schneller aus Andrea herausgekommen als beim Anblick der Akrobatik zu glauben gewesen wäre.

kAPITEL 24

So schafften wir es tatsächlich bis kurz vor dem Konzerttermin ruhig und gelassen zu bleiben. Dass uns knapp vor Ladenschluß aber doch noch eine Panikattacke heimsuchte, war weit weniger schlimm als es hätte sein können. Denn die Angst beschränkte sich darauf, dass wir glaubten, es würden nicht genug von unserem Konzert erfahren. Zwei Tage und fünfhundert Flyer später hatten wir aber auch diese Befürchtung dämpfen können. So lag es einzig und allein an uns wie der Abend laufen würde.

„Und nervös?“, fragte Michi. Wir hatten ihn kurzerhand zu unserer Ein-Mann-Crew gemacht. Was natürlich hieß, dass er auch beim Verladen des Equipments mit anpacken mußte. Doch soviel war's ohnehin nicht. Bis kurz vor der Abfahrt jedenfalls.

„Noch nicht. Und wenn's nach mir geht, kann das auch so bleiben!“, antwortete ich keuchend. Entgegen des Plans, wollte Sharin nichts dem Zufall überlassen und hatte uns überredet doch alles an Boxen und Verstärkern einzupacken.

„Na wir werden es sehen.“, grinste Michi. Er hatte natürlich leicht reden. Uns erwartete eine unterhaltungsgeile Menge, die bestimmt nicht davor zurückschrecken würde, uns von der Bühne zu pfeifen; gelinde gesagt. Und dummerweise hatte ich ständig Harry' flachsige Bemerkung im Ohr: '...seid ihr etwa so schlecht?'

„Hey, paß auf!", rief Michi, als er schon im Transit stand und ich noch draußen war. Genau, eine gequetschte Hand war das was uns jetzt noch fehlte. Ich blinzelte und vertrieb meine Sorgen, versuchte mich darauf zu konzentrieren, dass alles einen sicheren Halt hatte. Es klappte dann auch mit dem Einladen. Als letztes kamen wie immer Dennis' Heiligtümer, die Kabelei und die übrigen Instrumente. Erwartungsvoll versammelten wir uns an den Hecktüren. Der offensichtlichste Vorteil unseres Übungsraumes, seine ehemalige Bestimmung, ermöglichte mit dem ganzen Bus hinein zu fahren. So hielt sich die Schlepperei trotz Komplettausstattung in erträglichen Grenzen.

„Das hätten wir. Wieviel Uhr sollen wir dort sein?" Chris blickte sich fragend um. Bis auf mich hatte keiner 'ne Armbanduhr.

„Halb."

„Schon. – Dann müssen wir ja gleich." Gemeinsames Nicken. Dabei lachte draußen noch die Sonne. Es war gerade mal halb sechs. Doch die große zeitliche Lücke war notwendig. Oder schien zumindest so. Schließlich mußte im Delta noch so manches vorbereitet werden. Sicher hatten sie dort schon begonnen eine niveaugleiche Ebene aufzubauen. Gleich neben dem eingentlichen Dj Pult wo die größte Fläche oberhalb der Tanzfläche zur Verfügung stand. Außerdem mußten wir noch aufbauen, einen kleinen Soundcheck abhalten und uns gemeinsam Mut antrinken.

„O.k. – packen wir's." Sharin blickte sich nochmal um ob auch ja nichts vergessen worden war. - Wir hatten alles dabei.

So eng hatten wir es noch nie im Transit. Vorne mochte es ja noch erträglich sein, doch schon auf der hinteren Sitzbank zwängten sich Chris, Michi und ich mit meinem Verstärker um die Wette. Gottlob waren es nur zwanzig Kilometer bis nach Donaueschingen.

„Geht's da hinten?", erkundigte sich Dennis ohne daran etwas ändern zu können. Selbst wenn wir gequiekt hätten wie niederländische Schweine auf ihrer ersten Fahrt nach Parma.

Er drehte den Zündschlüssel um. Der Anlasser drehte – oh, alles nur das nicht – und schaffte schließlich den Motor. Schon allein durch das Rucken beim Anfahren merkte man, dass die Grenzen der Belastbarkeit ziemlich ausgereizt waren. Dennis litt mit als er sein Schätzchen hinausfuhr und mit laufendem Motor stoppte bis Sharin die Türen geschlossen hatte und wieder eingestiegen war.

„Also..."

„Schauen wir mal."

Während sich das Dröhnen der Karosserie und des Motors durch die schwere Last und den vollgestopften Laderaum sogar etwas abschwächte, spielte sich mir der Gedanke an frühere Urlaubsfahrten in den Kopf. Gar nichtmal so abwegig; es war eine große Fahrt auf die wir gingen.

Die Sonne schien kräftig, knallte uns aufs Dach und erhitzte innerhalb weniger Minuten den gesamten Bus wie ein Treibhaus. Mit heruntergekurbelten Fenstern und Schweißperlen im Gesicht quälten wir uns durch die Innenstadt, fuhren wieder am Bahnhof vorbei und über die große Bahnhofsbrücke in Richtung Bundesstraße und Donaueschingen. Kurz nach einer größeren Ampelkreuzung, schon außerhalb von Villingen; rechts ging es ab ins

Brigachtal, fuhren wir geradeaus die recht steile Auffahrt zur Bundesstraße hinauf. Und Dennis mußte zurückschalten um auf Geschwindigkeit zu kommen und die Autofahrer hinter uns nicht allzu sehr zu verärgern. Unser Vehikel vibrierte durchgehend und eine bläuliche Abgasfahne dreckte den direkt folgenden GTI-Heini mächtig ein. Alles in allem schlug sich der altgediente Bandbus aber beachtlich.

Wir nutzten den Beschleunigungsstreifen bis zum Ende, wodurch unter anderem auch der GTI vorbeikam und schwenkten erst dann nach links. So. Von nun an ging es nur noch geradeaus. Locker flockig, sich durch kein Drängeln irritierend, legte Dennis den höchsten Gang ein und flog mit 80 Sachen förmlich dahin.

„Wofür habt ihr euer ganzes Zeug mitgebracht?“, fragte Bernd der kaum zu glauben schien, dass wir alle wohlbehalten aus dem vollgestopften Bus ausstiegen. „Kein Vertrauen in unsere Technik?“

„Nur Vorsicht, nachdem was wir schon alles erlebt haben.“ Das war zwar glatt gelogen, hörte sich aber gut, da weitgereist an und lenkte vom Verdacht des Technikmißtrauens ab. Auf dem Parkplatz, den ich noch nie so leergefegt betreten hatte, knallte die Sonne besonders unerbittlich herunter und trieb uns auch die letzten Schweißreste durch die Poren. Glücklicherweise machte Bernd den Eindruck als wolle er uns zur Hand gehen. Und da er unsere eigenen Boxen nicht mal schräg ansah, faßten wir dass als vertrauensschaffende Geste auf. Es sollte wohl bedeuten, das wir auf alle Fälle mit der Haustechnik auskommen würden.

„So, - Emm, sollen wir ihm nicht auch noch schnell helfen?“, fragte Bernd und wies auf Dennis. Seine Hilfsbereitschaft war rührend und wir hätten es zu gern gesehen, wie unser Drummer auf die

Hilfe eines freundlichen, aber irgendwie fremden, reagieren würde. Warnten unseren Chef dann aber doch noch.

„Das schafft er schon. Was sein Schlagzeug angeht, ist er ziemlich eigen."
Zunächst stellten wir uns und auch den Großteil der Instrumente geradewegs in der Mitte der Tanzfläche ab. Alles war so ungewohnt. Die Bühne bereits aufgebaut und wirkte dabei viel größer als wir es uns vorgestellt hatten. Zumal es jetzt weit heller war als zu irgendeinem anderen Zeitpunkt, den wir bisher im Delta verbracht hatten. Und damit nicht genug. Durch die geöffneten Türen wehte frische Zugluft, alle Stühle und Tische waren hinausgebracht worden und selbst die beiden hüfthohen Boxen, die sonst die Tanzfläche einrahmten, hatte man zur Seite geschafft.
Ich weiß nicht ob wir mit offenstehenden Mündern dastanden, aber Bernd mußte merken wie einschüchternd all das auf uns wirkte. Einzig Dennis schien dafür keinen Blick zu haben, rackerte sich mit den Bestandteilen des Schlagzeuges ab und baute es wie selbstverständlich am hinteren Ende der Bühne auf. Einen ruhigen Moment lang fiel kein einziges Wort und Sharin gönnte sich die Vorstellung, wie es hier in ein paar Stunden aussehen würde. Die Bühne war nur ein paar Dutzend Zentimeter hoch, man war hautnah am Publikum. – Wieviel würden hier wohl Platz finden? Sie ließ ihren Blick schweifen. Immerhin gab es auch noch den Balkon. Über zwei Stahltreppen zu erreichen.
Weiterhin ohne große Worte packten wir unser Zeug ein letztes Mal und ergänzten damit den Schlagzeug Aufbau. Kaum eine halbe Stunde später stand unser Set bis zum letzten Kabel.

„Darf ich?", fragte Chris mit leuchtenden Augen die einem kleinen Jungen zu gehören schienen, der sich am Schaufenster eines Spielwarengeschäfts die Nase platt drückt. Was er meinte? Wir standen alle auf der Bühne, bereit; während der leere Raum des Delta' darauf wartete endlich die ersten Töne von *How To Make Soap* zu vernehmen. Es war ein tolles Gefühl von hier oben die pechschwarzen Wände zu sehen, die seidig glänzende Tanzfläche und die still daliegende Theke. Jeder wollte der erste sein, aber irgendwie war klar, dass es Chris machen würde. Elektrisiert bewegte er noch kurz alle fünf Finger seiner rechten Hand über den Seiten. Und ein Knirschen, von der bloßen Nähe der Bewegung, drang durch die Boxen. Und dann spielte er – natürlich Mark Knopfler. Leider weiß ich nicht genau welches Stück, aber es war ein absolut atemberaubendes Solo. Verbissen versuchte Chris jeden Ton auch genau so zu treffen wie das meisterhafte Vorbild. Wobei er den Verzerrer eine ganze Spur weiter aufdrehte. Es war grandios wie die rasenden Melodien ohne große Lautstärke den Raum erfüllten und einem Schauer über den Rücken jagten. Dann ließ Chris plötzlich von den Seiten ab und die Töne waberten immer leiser werdend bis sie irgendwo zwischen Tonabnehmer und Boxen verschwanden.

„Wow...!", lachte Chris glucksend und drehte sich auf der Stelle um die eigene Achse. „Da geht einem doch voll einer ab!"
Tja, was gab's da noch hinzuzufügen? Absolut nichts!
In der entferntesten Ecke auf einem Barhocker saß Bernd und wirkte zufrieden. Er freute sich schon seit Tagen auf das Konzert und diese kleine Kostprobe war mehr als das.

„Wollt ihr gleich den Soundcheck machen?"
„Ja sicher, aber können wir etwas zu trinken bekommen?" Dennis brannte die Kehle.

„Kein Problem.“
Michi folgte Bernd hinter die Theke während auf der Bühne die große Herumstellerei begann. Nicht dass wir pedantische Soundfetischisten wären, doch nicht zuletzt wegen dem einen oder anderen flatterndem Herzen, ist das Einstimmen immer gern genommen und meist länger als es unbedingt sein müßte. Quasi das Einspielen für den eigentlichen Soundcheck. Bisher zumindest, schließlich setzte uns da die Erfahrung, was größere Konzerte betraf, Grenzen. So probierten wir einfach ein paar Stücke mit schwierigen Passagen, großen Höhen oder Tiefen aus, ehe wir dann anfingen die Tracklist durchzugehen. Immerhin konnte es ja sein, dass noch kurzfristig Änderungen vorgenommen wurden. Doch nicht heute. Hier schien alles perfekt zu sein und als wir uns jammend an unseren ersten Song herantasteten, kam Michi mit einem ganzen Tablett Erfrischungen, stellte es am Rand der Bühne ab und schaute zu, was wir so trieben. Sharin und ich sind eigentlich immer recht lebhaft, sprich wir nutzen die Kabelreichweite der Instrumente voll aus, wobei Sharin natürlich immer auf den Mikoständer achtgeben muß. Chris ist nicht so leicht einzuschätzen. Es gibt Tage, da dreht er am Rad und flitzt nur so über die Bühne. Andererseits kenn‘ ich ihn auch als einen, der während dem Konzert keine zwei Meter macht. Und Dennis, naja, bleibt sowieso immer sitzen.
Zwanzig Minuten probierten wir an den Einstellungen herum, dann sagte unser Gefühl, dass wir den Rest bis unmittelbar vor dem Konzert aufheben sollten. Die Boxen schwiegen, doch schienen ihre Schwingungen einfach so in unsere Bäuche zu wandern. Mir war ganz flau im Magen als ich nach oben schaute und die Reihen der verschieden farbigen Scheinwerfer und Blender sah.

– Eine solide Mischung aus Zweifeln, Erwartung und der puren Lust legte sich über meine Eingeweide und würde sicher nicht verschwinden ehe der erste Ton vor Publikum gespielt wurde. Und mir ging es nicht als einzigem so. Der erste Teil des Soundchecks war vorüber, doch von der Bühne gehen, daran dachte keiner. Einer Sitzblokade gleich; vielleicht unter dem Motto: Rockmusik ist Teufelswerk, ließen wir uns zwischen den Instrumenten nieder. Saßen auf dem Boden und versuchten uns gegenseitig abzulenken.

„Wen hast du denn eingeladen?"

„Eingeladen?"

„Ja."

„Meine Eltern."

„Ehrlich?"

„Nein."

„Danke – Arschloch!" Mit Dennis konnte man eben immer tolle Gespräche führen.

„Hast du den Beiden Bescheid gesagt?", fragte Michi der nun auch bei uns saß.

„Nein. Du?"

„Auch nicht."

„Was hörst Du?", wollte ich mit übertriebener Geste, dafür aber um so leiser von Chris wissen. Er hatte sich doch tatsächlich 'nen Walkmen auf den Schoß gelegt und war drauf und dran mit geschlossenen Augen wegzudriften.

„*Pink Floyd*.", war seine zu laute Antwort, inklusive Fingerzeig. „... beruhigt mich. – Ist als würde ich mir Inspiration spritzen!"

„Achso..." Oh, wär's doch nur schon, wieviel Uhr hatten wir denn eigentlich? Ach diese verdammte, ach nein, ich hatte sie ja am Arm. – Mein Augen flammten auf. Wie war der Spruch auf dem Plakat noch gleich gewesen? Open doors 21.00 Uhr; on stage 22.00 Uhr? Da lag nicht mehr viel Zeit dazwischen. Nur um mir mal einen Eindruck zu verschaffen, stand ich auf und schaute schön dumm aus der Wäsche als bereits ein knappes Dutzend Leute vor der Bühne herumsprang. Die meisten trugen das Poloshirt des Abends, sozusagen. Es war nicht mehr als ein marineblaues Shirt mit weißem Kragen und der einheitlichen Nummer 11 auf dem Rücken. Eingerahmt von: Delta Tau Chi – The Animal House.

Hinter der Theke und im Café herrschte wohl das größte Treiben. Wobei es sich der Uhrzeit nach bei den Leuten dort unten um momentane oder frühere Mitarbeiter, inklusive Freunde handelte. Harry war dann auch leicht auszumachen, er stand gemeinsam mit zwei anderen Kerlen in der Nähe des Türbogens und prostete mir mit der Bierflasche zu, als er meinen Blick bemerkte. Dann wurde mir schlecht. Was war mit mir los? War ich womöglich bewußtlos geworden? Erst jetzt bemerkte ich überhaupt, dass Musik lief. Wir hatten ja keine Vorband-CD dabei und waren demnach auf Gedeih und Verderb auf den DJ angewiesen.

„Erik, geht's dir gut? Du siehst ganz blaß aus."

„Wie...? ach, hi Vera. Ja sicher, alles in Ordnung, nur ein wenig nervös.", sagte ich grinsend, war mir da aber selbst nicht so sicher. Und dann verging die Zeit doch wie im Zeitraffer. Glücklicherweise hatte ich etwas zum Festhalten.

„Laß mich los Erik, ich muß aufs Klo!"

„Oh, tut mir leid... Dennis." Irgend etwas war überhaupt nicht in Ordnung.

„Komm Erik, wir müssen von der Bühne, die lassen schon die Leute rein." Zweifellos, Sharin hatte das zu mir gesagt. Doch was war mit ihrer Stimme geschehen? Sie hörte sich an als hätte sie jemand auf Wolkengröße aufgeblasen. Außerdem war sie schrecklich langsam.

„Erik, huhu...." Ein Schatten zog vor meinen Augen vorbei, wieder und wieder.

„Du Vera, ich glaub der kippt gleich um."

„Hier Erik, trink mal was."

Dann wurde mir schwarz vor Augen und eine sonderbare Stille umfing meine Ohren. Wie in meterdicke Watte gehüllt, schaltete sich alles aus. Es war widerlich. Als ich wieder zu mir kam, fühlte ich kaltes Wasser auf der Stirn und sah direkt in die Birne einer grellen Deckenlampe.

„Was..." Ich war vollkommen verwirrt und mein Mund brannte als hätte ich stundenlang mit Salzwasser gegurgelt. Ich nahm das Wasserglas ungeschickt aus Nina' Hand und leerte es in einem Zug.

„Was war denn?", fragte ich als sich langsam alles wieder ordnete und auch der Durst verschwand.

„Du bist umgekippt."

„Was...?"

„Doch, ist wahr.", versicherte sie und schaute auf in Richtung Küchentür. Sharin kam herein.

„Wie geht's dir Erik? Saug mal an der Zitrone, alter Trick von Olli."

„Von wem?", fragte ich und nahm die sauren Schnitze.

„Volle Kanne Bush!"

„Oh, dann muß es ja klappen. Der kippt sicher ständig um." So, da ich wieder zu Scherzen aufgelegt war, würde mir ohnehin niemand glauben, falls ich nun den sterbenden Schwan mimen würde. Und die Zitronenscheiben waren wirklich Klasse. Gott sei dank. Wie sich zwei Minuten später auch schon herausstellte. Eben dann als Bernd die Tür aufhielt.

„Kannst du spielen? – Bitte sag ja."

„Geht schon."

Bernd biß sich zischend auf die Lippen.

„Dann mal los."

Ich stand auf, prüfte nochmal einen Moment ob das Schwindelgefühl zurückkam, machte drei Kreuze als es nicht geschah und nahm einen letzten großen Schluck Wasser. Als ich hinter Sharin aus der Tür trat, versuchte ich meinen Blick starr auf die dunkle Bühne, die leblosen Schatten der Gitarren- und Mikrofonständer und nicht die Köpfe des Publikums zu richten. Oh es war so voll! Doch noch war nichts passiert, alle mit sich, den anderen und ihren Getränken beschäftigt – in fröhlicher Runde plaudernd – genossen sie die Musik. – Die Musik war *The Cooper Temple Clause*, was für eine geile Wahl! Was für ein DJ.... ach.

„So, geht's dir wieder besser?", rief Dennis gegen die Lautstärke obwohl ich nur ein paar Schritte von ihm entfernt war. Er schien nie daran gezweifelt zu haben, das ich noch auftauchen würde.

„Wir sind die nächsten.", verkündete Sharin als wäre das hier ein Nachwuchswettbewerb. Ihre Augen waren dabei so groß wie Untertassen. Doch niemand von uns fühlte etwas anderes als herausfordernde Aufregung. Ich versuchte mich zu sammeln, dieses Gefühl lieben zu lernen, es direkt in mein Spiel einfließen zu lassen. Dabei grinste ich ständig wie angeschossen. Wieviel Zeit hatten wir noch? War das der *Murder Song*, der über acht Minuten lief? Verdammt, eben hatte ich ihn doch noch erkannt. Als ich mich noch einmal auf einen Anhaltspunkt konzentrieren wollte, war die Gelegenheit auch schon verstrichen. Das Licht ging aus, der Lautstärkepegel sank in sich zusammen und das grellrote Licht eines einzelnen Scheinwerfers zielte aufs Mikrofon. Bernd kam zu uns, ging vorbei und auf die Bühne. Wir hinter ihm her. Immer schön im Schatten der Dunkelheit. Kein Zweifel, mein Herz hat noch nie so geschlagen. Nicht als ich in der fünften Klasse beobachtete wie sich Heike Maier vor dem Schwimmunterricht umzog und auch nicht als ich vier Jahre später mit ihr im Bett landete.

„So, ich begrüße euch alle zum elfjährigen Geburtstag des Delta Tau Chi – The Animal House." Unterstützende Pfiffe und heftiges Klatschen ließ Bernd Zeit für ein charmantes Lächeln und um sich verlegen am Kopf zu kratzen.

„Genau! Deshalb auch unsere besonderen Gäste. – *How To Make Soap*!" Und mit einer einladenden Geste verschwand er aus dem Lichtkegel. Eine Sekunde verging, absolute Dunkelheit. Dann zählte Dennis ein. In der Finsternis.

„Ein, zwei, drei, vier!
Oh und wie er loslegte! Treibend, eindringlich, magengrubendurchwühlend und erst jetzt wurde er von einer einzigen kleinen Lichtkugel erfaßt. Dann kamen wir, rasch nacheinander, doch jeder mit seinem eigenen Scheinwerfer. Und als wir zuletzt alle spielten, brandete das Licht wie in einer Gewitterwolke auf, erfüllte die Bühne und Sharin begann zu singen.
Es war ein einziger Rausch! Ich weiß nicht, ob es fair wäre so etwas regelmäßig zu erleben. Wir gaben unser Bestes, hatten natürlich auch Verspieler, waren gar weniger gut als vor drei Wochen im Übungsraum, und doch reichte es, um uns allen ein herrliches Gefühl zu geben. Uns und hoffentlich allen vor der Bühne.
Mehr läßt sich gar nicht sagen. Na eines noch. Ich hätte sterben können, dort in diesem Moment, von einer Sekunde auf die nächste, und es wäre o.k. gewesen. Und mehr als das.
Nach mehr als einer Stunde gingen wir zum ersten Mal von der Bühne, kehrten für drei weitere Songs zurück und waren danach völlig fertig. Doch die Leute vor der Bühne jubelten, klatschten und pfiffen.

114

Könnt ihr euch vorstellen was das für ein Gefühl ist?
– Einfach irre.

Eine Stunde, mehr war nicht nötig um sich den motiviertesten Rausch meines Lebens anzutrinken. Verteilt auf das Café hatte auch so ziemlich jeder mitgeholfen, der irgendwann mal im Delta gewesen war.

„Wißt ihr... Leute... ich leibe euch! Gaanz ganz ehrlich!", lallte ich zu einer Gruppe von Leuten, die ich für meine Band hielt. Wohin die sich verzogen hatte, konnte ich nicht wirklich sagen. Aber Sharin saß zusammen mit ihrem Bruder in einem der roten Sessel. Beide mit kleinen glasigen Augen.

„Sharin... ich hab zwei Neuigkeiten."

„Ja?"

„Ja!"

„Sag!"

„Zuerst die gute, oda zuerst... die schlechte?"

„Emm, die gute, - glaub ich."

„Na gut. – Ich hab vor eurem Kotz, Konzert – ‚nen Labeltypen eingeladen... und... der verhandelt gerade dort drüben mit Bernd."

„Wirklich?"

„Aber sicher... und nun... die schlechte..."

„Genau... nun die schlechte."

„Ich hab... emm... ich hab..."

„Jaaaa...?"

„Ich hab Tim tatsächlich umgebracht."

„Ist nicht wahr?"

„Doch!"

„Sowas."

„Siehste!"

„Sachen gitb's."

„Hab ihn einfach... abgefüllt und vom Turm geworfen."

DANKBAR FÜR VIELES, RECHT ZU TRAGEN
OHNEHIN NICHT FÜR DIE RICHTIGEN WORTE
ES DENNOCH ZU VERSUCHEN WÜRDE
BEDEUTEN WEDER DEN MENSCHEN NOCH
IHRER HILFE GERECHT ZU WERDEN.
SO BLEIBT MIR NICHT MEHR
ALS DIE NAMEN
AUFZUZÄHLEN IN DER HOFFNUNG ALLE
FOLGENDEN WISSEN UM MEINE DANK-
BARKEIT TINA VERA BENNY
ANNA
THOMAS GRETEL KRISTIN UND VIELE
MEHR ... FALLS ES EUCH
WÄRE SCHÖN FREUDE BEREITET
ETWAS
ZUMINDEST
HAT

Von Oliver Russo ebenfalls erhältlich:

-Ein Lächeln von Traurigkeit und Freude-

Eingebettet zwischen die rauhen Gipfel der
schottischen Highlands, scheint nichts das Leben
von Collin O'Rourke und seiner Familie aus den
Bahnen werfen zu können.
Doch dies ändert sich, als ein junger Mann aus dem
Süden auftaucht. Und mit ihm die Schatten der
Vergangenheit. Schon zeigt die Fassade von Ruhe
und Eintracht erste Risse.

ISBN 3 - 8311 - 3392 - 1

-FriscoBo, ich und mein Glück-

Was haben ein Teddy-Bär, San Francisco, eine
Hütte in Kolumbien und ich – auf der Suche
Nach meinem Glück gemein? Eine Frage
Die fiebrig nach einer Antwort schreit,
auch oder gerade da es keine
Antwort
gibt

ISBN 3 - 8311 - 4122 - 3

-Sammelsurium-

Sammelsurium ist kein bloßes Durcheinander. Vielmehr ein Ausschnitt der Fertigkeiten, Einflüsse und Richtungen des Schriftstellers Oliver Russo. Elf Kurzgeschichten sowie Illustrationen, die in diese und jene Richtung gehen, versuchen dem Leser die Phantasie nicht zu rauben sondern ihr einen Anstoß zu geben. - Hier sollte jeder etwas finden, das ihn interessiert, fesselt und vielleicht sogar begeistert.

ISBN 3 - 8311 - 4516 - 4

-Einfach, wahrer und schön, kompliziert-

Der erste reine Gedichtband des jungen Schriftstellers erschreckt und begeistert gleichermaßen. Innerhalb der neunundvierzig Gedichte begibt sich der Leser auf direktem Wege in die Gedanken- und Seelenwelt des dreiundzwanzigjährigen Talents; begegnet Ängsten, Hoffnungen und Träumen, doch ebenso Verzweiflung und Enttäuschung. Mit einem Wort – dem Leben.

ISBN 3 - 8330 - 0752 - 4

www.oliver-russo.de